Hartmut Schober

»HOLT MIR DEN DEN SCHNEIDER RAN!«

DIE BUNDESWEHR IM KALTEN KRIEG – EIN MILITÄR-THRILLER

EK-2 MILITÄR

Mit mehr als 85 Illustrationen des Ex-Soldaten Markus Preger

Druckhinweis:
Libri Plureos GmbH
Friedensallee 273
22763 Hamburg

Verpassen Sie keine Neuerscheinung mehr!

Tragen Sie sich in den Newsletter von *EK-2 Militär* ein, um über aktuelle Angebote und Neuerscheinungen informiert zu werden und an exklusiven Leser-Aktionen teilzunehmen.

Link zum Newsletter:
https://ek2-publishing.aweb.page

Über unsere Homepage:
www.ek2-publishing.com
Klick auf *Newsletter*

Via Google: EK-2 Verlag

Als besonderes Dankeschön erhalten Sie **kostenlos** das E-Book »Die Weltenkrieg Saga« von Tom Zola.

Deutsche Panzertechnik trifft außerirdischen Zorn in diesem fesselnden Action-Spektakel!

Ihre Zufriedenheit ist unser Ziel!

Liebe Leser, liebe Leserinnen,

zunächst möchten wir uns herzlich bei Ihnen dafür bedanken, dass Sie dieses Buch erworben haben. Wir sind ein kleines Familienunternehmen aus Duisburg und freuen uns riesig über jeden einzelnen Verkauf!

Mit unserem Label *EK-2 Militär* möchten wir militärische und militärgeschichtliche Themen sichtbarer machen und Leserinnen und Leser begeistern.

Vor allem aber möchten wir, dass jedes unserer Bücher **Ihnen ein einzigartiges und erfreuliches Leseerlebnis** bietet. Daher liegt uns Ihre Meinung ganz besonders am Herzen!

Wir freuen uns über Ihr Feedback zu unserem Buch. Haben Sie Anmerkungen? Kritik? Bitte lassen Sie es uns wissen. Ihre Rückmeldung ist wertvoll für uns, damit wir in Zukunft noch bessere Bücher für Sie machen können.

Schreiben Sie uns: info@ek2-publishing.com

Nun wünschen wir Ihnen ein angenehmes Leseerlebnis!

Jill & Moni
von
EK-2 Publishing

Vorwort

Der Kalte Krieg wird heute in den Schulen bereits als geschichtliche Epoche behandelt. Persönliche Erlebnisse treten da naturgemäß nicht in Erscheinung. Dabei sind die Schilderungen von individuellen Begebenheiten aus dieser Zeit so wichtig. Sie ergänzen das erworbene Schulwissen und bedeuten auch für die Zeitzeugen eine unterhaltsame Besinnung auf eine längst vergangene Zeit. In diesem Sinne wünsche ich allen geschichtlich und militärisch interessierten Lesern genau so viel Vergnügen beim Lesen dieses Buches, wie meine Zeitgenossen in jener Zeit hatten.

Die Personen und Ereignisse dieser Geschichte sind fiktiv, beruhen aber auf wahren Begebenheiten.

Widmung

Dieses Buch ist allen Männern und Frauen gewidmet, die im Einsatz für Ihre Heimat während der Zeit des Kalten Krieges dienten. Einige von ihnen ließen ihr Leben im Dienst ihres Vaterlandes, häufig ohne Kenntnis der breiten Bevölkerung, ohne jeden Ruhm, oft sogar ohne ein öffentliches Gedenken an ihren mutigen, heldenhaften Einsatz.

Jene Männer und Frauen bildeten über Jahrzehnte einen unsichtbaren Schild, der Generationen von Menschen im westlichen Teil Deutschlands und in ganz Europa schützte.

Sie waren der Garant für Freiheit und für unser aller Sicherheit!

Kameraden und Kameradinnen, hiermit danke ich Euch für Euren Einsatz!

»Manch einer ist Jäger bis zu dem Augenblick, da er jagt!«
Unbekannter Verfasser

Prolog

Es war der Herbst des Jahres 1987, genauer gesagt Mitte September jenes Jahres.

Ich nahm als Angehöriger eines Jägerbataillons am Manöver »Kecker Spatz« teil. Es war eines der größten Manöver, die jemals in Süddeutschland abgehalten worden waren, durchgeführt von Donnerstag, den 17.09.1987, bis Donnerstag, den 24.09.1987.

Mehr als 75.000 Soldaten, hauptsächlich aus Deutschland und Frankreich, nahmen daran teil. Es war das erste große deutsch-französische Militärmanöver auf dem Boden der Bundesrepublik Deutschland, an dem sogar Soldaten der französischen Fremdenlegion mitwirkten.

Frankreich war seit 1966 nicht mehr Vollmitglied der NATO und so stellte dieses Manöver einen deutlichen Freundschaftsbeweis zwischen den früheren Erbfeinden Deutschland und Frankreich dar.

Und mit ebendiesem Manöver begann die ganze Geschichte …

Nachthimmel über Süddeutschland

Zwei Stunden vor Sonnenaufgang am 16.09.1987

Lieutenant Striker spürte die Vibrationen der vier dröhnenden Flugzeugtriebwerke schon lange nicht mehr bewusst; er war schon zu oft in einer C-130 Hercules geflogen und hatte gelernt, im Flugzeug zu essen, zu schlafen und sich auf seine Einsätze vorzubereiten. Er ging langsam an den Abwurfpaletten mit der Ausrüstung für den Spezialeinsatz vorbei, die in der Mitte des Laderaums verzurrt waren, und sprach seine Männer der Reihe nach an, um sich nach ihrem Befinden und ihrer Gefühlslage zu erkundigen. Diese hatten auf den Sitzen entlang der Außenhülle Platz genommen. Nicht, dass dies notwendig gewesen wäre. Strikers Team war stets hochmotiviert und bestens ausgebildet, wie es sich für Spezialkräfte gehörte. Es war eine Marotte, die er pflegte, um die Zeit bis zum Einsatzbeginn zu überbrücken.

Striker hatte seine Runde soeben beendet, als der Bordmechaniker ihm bedeutete, dass sie in Kürze ihre Absprungzone erreichen würden. Striker rief den Männern zu, letztmalig die Waffen zu überprüfen und sich zum Sprung bereitzuhalten. Völlig ruhig, ja geradezu entspannt, erhoben sich die Soldaten und begannen damit, gegenseitig die persönliche Ausrüstung zu überprüfen. Danach folgte ein zweiter Check durch einen anderen Kameraden. Auf ein weiteres Kommando Strikers hin klinkten sich die Männer mit den Auslöseleinen ihres Fallschirms in die Auslösevorrichtung des

Transportflugzeugs ein. Und stellten sich dann in einer Reihe an der Absprungtür auf.

Zeitgleich bereitete der Bordmechaniker die Abwurfpaletten mit der schweren Ausrüstung vor und begab sich schließlich zur Steuereinheit für die Heckrampe. Die Kabinenbeleuchtung wechselte auf stark gedämpftes Rotlicht und die rote Sprunglampe über der Absprungtür leuchtete auf. Der Bordmechaniker fasste sich an den Helm; er schien einer Durchsage aus dem Cockpit zu lauschen. Danach zeigte er Striker und seinen Männern die linke Hand mit drei ausgestreckten Fingern. Drei Minuten bis zum Absprung also. Obwohl sie äußerlich absolut ruhig wirkten, konnte der Lieutenant die Anspannung seiner Soldaten deutlich spüren. Es war schließlich alles andere als natürlich, ohne Not aus einem funktionierenden Flugzeug zu springen. Aber diesen Job hatten sie sich letztlich alle selbst ausgesucht. Striker grinste bei diesem Gedankengang in sich hinein.

No Risk, no Fun! Das war schon immer sein Motto gewesen.

Das Surren der Antriebsmotoren der Heckrampe zog seine Aufmerksamkeit auf sich. Die Rampe stoppte, als sie eine Ebene mit dem Laderaum bildete. Ein Zugschirm würde die Paletten aus dem Flugzeug ziehen und unmittelbar danach den Hauptschirm, der aus mehreren Fallschirmkappen bestand, auslösen, an welchem die Paletten dann zu Boden schweben würden. Zeitgleich würden sich Strikers Männer in die Tiefe stürzen und an den sofort ausgelösten Automatikschirmen zu Boden gleiten. Durch die automatische Auslösung konnten sie in niedrigerer Höhe abspringen, was eine Entdeckung durch den Feind unwahrscheinlicher machte. Ihre Hercules, die die gefälschte Kennung einer französischen Chartermaschine trug, würde ihre Flugroute und Flughöhe nicht einmal verlassen müssen — die perfekte Tarnung für ihren Absprung. Die Dunkelheit würde neugierige Augen daran hindern, sie beim Niedergehen zu beobachten, und sofern nicht zufällig jemand am Boden über sie stolpern würde, würde niemand ihre Ankunft registrieren. Soweit der Plan.

Die Absprungleuchte über der Tür wechselte auf Grün und schon stürzten sich Strikers Green Berets in die Tiefe; zeitgleich glitten die Frachtpaletten über die Laderampe in die Dunkelheit. Lieutenant Striker sprang als Letzter in die dunkle Nacht und als er an seinem Schirm in die Tiefe schwebte, schickte er ein Stoßgebet gen Himmel und wünschte den US-Army-Rangern, die zeitgleich an einem anderen Einsatzort absprangen, viel Soldatenglück. Sie würden sich erst wieder treffen, wenn sie ihre jeweiligen Einsatzziele erfüllt haben würden. Der Feind würde am Morgen von ihrer Anwesenheit erfahren, dann würde zweifellos die Jagd auf sie beginnen ...

Der Kommandoposten

Mein Jägerzug war abkommandiert worden, um einen Kommandoposten in der Nähe von Stuttgart abzusichern. Somit befand ich mich – informationstechnisch gesehen – praktisch direkt an der Quelle.

Von jenem Kommandoposten aus wurde nämlich der Nachschub der kämpfenden Truppe geregelt, auch die Tiefe des Raumes sollte von dort aus überwacht werden. Er war das Nervenzentrum der Versorgung für die Front in diesem Manöver.

Wer ich bin?

Hauptfeldwebel Markus Wolfangel, stellvertretender Zugführer eines Jägerzuges aus Böblingen.

Zu jener Zeit führte ich meinen Zug kommissarisch, da mein Zugführer nach einem Motorradunfall vorübergehend dienstunfähig war. Unser Leutnant Kraft ging gerne Risiken ein, im Dienst und erst recht privat. Ein Motocross-Turnier war ihm nun zum Verhängnis geworden.

Ein schwerer Sturz hatte ihn also außer Gefecht gesetzt – zwei Tage vor Manöverbeginn. Ersatz war natürlich noch nicht eingetroffen. So musste ich also ran. Ich war gerade erst zum Hauptfeldwebel befördert worden.

Wir hatten im Nachtmarsch zum Kommandoposten verlegt und noch in der Nacht damit begonnen, unsere Stellungen abzusichern und Sicherungsposten zu beziehen. Die Kameraden von den anderen Zügen unserer Jägerkompanie amüsierten sich derweil auf dem Manöver mit dem Rest des Bataillons irgendwo zwischen Stuttgart und der tschechoslowakischen Grenze.

Der Kommandoposten befand sich weit ab der eigentlichen Front. Das sollte sich noch als bedeutsam für die kommenden Ereignisse erweisen. Es hatte sich bereits via Latrinenfunk herumgesprochen, dass die eigentlich am Manöver nicht beteiligten Amerikaner nun doch irgendwie mit von der Partie waren.

Gleich am Morgen des ersten Manövertages trafen zahlreiche hohe Offiziere ein und versammelten sich in einem der Gruppenzelte, das für Besprechungen mit einem Kartentisch versehen worden war und somit als Befehlszelt Verwendung fand. Sehr viel Lametta war da nun anwesend, vom Divisionskommandeur abwärts – Man könnte sagen: alles, was Beine hatte und kein Tisch war, wie ein altes chinesisches Sprichwort besagt. Der General musste im Laufe der Besprechung wohl einen gewaltigen Tobsuchtsanfall gehabt haben, jedenfalls hörte man ihn noch am anderen Ende des Kommandopostens brüllen: »Wenn Sie dazu mit Ihren eigenen Kräften nicht in der Lage sind, *holen Sie mir den Schneider ran* und dazu jeden verdammten Soldaten der Bundeswehr, den sie einfangen können! Die Ehre der Bundeswehr und meine persönliche Reputation als Kommandeur stehen hier auf dem Spiel!«

In der Folge brach dann äußerst heftige Aktivität bei den anwesenden Stabsoffizieren aus. Man wollte alle freien beziehungsweise verfügbaren Kräfte heranführen, die noch aufzutreiben waren, um die Lage zu bewältigen. Welche Lage das eigentlich war, sagte uns aber niemand.

Gegen Vormittag traf dann tatsächlich ein Kontingent Fallschirmjäger aus Nagold ein. Mann erkannte sie schon von weitem an ihren Sturmgewehren vom Typ HK-G3A4 mit einschiebbarer Schulterstütze und den Springer-Gefechtshelmen mit der zusätzlichen Beriemung, um besseren Halt des Helmes im Sprungeinsatz zu gewährleisten. Freilich machte dies die ollen Kochtöpfe nach Ami-Vorbild auch nicht bequemer. In der Tat trugen die Fallschirmjäger den Helm normalerweise eher selten; das Barett mit dem herabstürzenden Adler im Abzeichen war da wesentlich häufiger zu sehen. Einer erzählte mir mal, sie würden die neuen Barette erst einmal nassmachen, zusammenrollen und über Nacht in die Rillen der warmen Heizung stecken, damit sie besser am Kopf anlägen. Selber hatte ich das nie ausprobiert, sondern immer die Feldmütze bevorzugt – vielleicht, weil ich so ungeheuer glücklich darüber war, dass die Feldmütze das seinerzeit verhasste Schiffchen ersetzt hatte. Nur die Luftwaffenjungs wollten sich nicht von ihrem Schiffchen trennen.

Jene Fallschirmjäger, die nun bei uns einmarschierten, trugen jedoch allesamt ihre »Stahlmütze«.

Das war auch besser so, denn unser General sah es nicht gerne, wenn seine Männer »Oben-ohne« herumliefen. Er verglich das immer mit den seiner Meinung nach »dämlichen Schotten«. Damit meinte er die britischen Highlander-Soldaten, von ihren britischen Kameraden im Ersten Weltkrieg auch »The Ladys from Hell« genannt, da sie in ihren Kilts (Schottenröcken) in den Kampf gezogen waren. Auch im Zweiten Weltkrieg und im Koreakrieg hatten sie mit dem Barrett auf dem Kopf zu den Klängen von Dudelsackmusik gekämpft, was zu überdurchschnittlich hohen Verlustraten durch Kopfverletzungen geführt hatte.

Dieses exzentrische Verhalten betrachtete der General jedenfalls als sträflichen Unsinn und absolute Verschwendung von Ressourcen, ja fast schon als Wehrkraftzersetzung. Erwischte er jemanden obenherum derart leichtbekleidet, hatte dieser einen schönen Einlauf zu erwarten und seine Vorgesetzten gleich dazu. Ironischerweise war der gute General selbst etwas exzentrisch veranlagt; so trug er stets ein weißes Seidenhalstuch und einen britischen Offiziersstock, mit dem er auf den Tisch zu schlagen pflegte, um seine Ausführungen dramatisch zu unterstreichen.

Die Fallschirmjäger wussten aber wohl über diese besondere Eigenart des Generals Bescheid. Einen von ihnen erkannte ich sofort wieder; ich kannte ihn noch als Leutnant von früher – er war mein erster Zugführer gewesen. Damals noch ein frischgebackener Jägeroffizier, hatte er sich bereits mit dem Einzelkämpfer- und dem Jagdkommandoführerabzeichen schmücken dürfen.

Einzelkämpfer waren Absolventen eines besonderen Lehrganges der Bundeswehr – genau genommen sogar einer Reihe von Lehrgängen. Der Einzelkämpferlehrgang vermittelte seinen Teilnehmern den Jagdkampf sowie das Überleben und Durchschlagen in Situationen, in denen man auf sich gestellt war. Der Lehrgang hatte das Ziel, die Teilnehmer an ihre psychischen und körperlichen Leistungsgrenzen zu führen. Durchhaltewille, Belastbarkeit, Entscheidungsfähigkeit unter erschwerten Bedingungen sowie Führungswille waren die geforderten Leistungselemente.

Beim Jagdkommandolehrgang hingegen wurden ausgewählte Soldaten auf Einsätze in fremdem Gelände samt Spreng- und Lufttransportübungen vorbereitet.

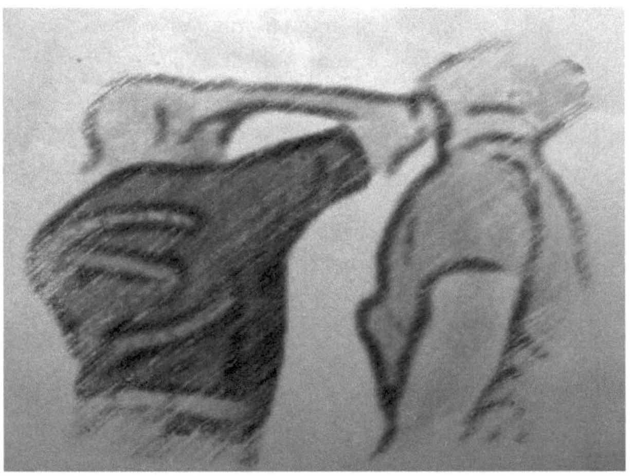

Der Mann, der da gerade ankam, war also ein Spezialist, wie er im Buche steht. Sein Name lautete Erwin Schneider, nun offenbar im Rang eines Hauptmanns stehend. Und offensichtlich hatte Schneider eine ganze Fallschirmjägerkompanie im Gefolge.

Schneider lebte für den Dienst an der Waffe und war Soldat durch und durch. Seine Muskeln zeichneten sich wie Stahlseile unter seiner Uniform ab. In seiner Freizeit betätigte er sich im Nahkampftraining – bildete sich in Krav Maga und MuSaDo weiter und fungierte in beiden Kampfsportarten inzwischen sogar als Ausbilder.

Krav Maga und MuSaDo wurden weltweit von zahlreichen Streitkräften als Nahkampftechniken eingesetzt. Schneider faszinierte an MuSaDo besonders, dass die südkoreanischen Black Panthers diese Form der

Kampfkunst entwickelt hatten. Im Vietnamkrieg hatten sie damit Angst und Schrecken unter den Vietcong verbreitet. Bald war die südkoreanische Spezialeinheit, die ihre Feinde mit bloßen Händen tötete, in aller Munde.

Es war demnach wohl Schneider gemeint gewesen, als der General in der Besprechung seinen Ausbruch gehabt hatte. Wenig später wurden alle im Kommandoposten anwesenden Offiziere und auch die Unteroffiziere unter den Zugführern zu einer weiteren Besprechung zusammengerufen. Das war ungewöhnlich. Als sie im Besprechungszelt versammelt waren, trat der General vor die Männer und erklärte:

»Meine Herren, die Lage ist schwierig. Das Verteidigungsministerium hat uns ein gewaltiges Ei gelegt. Die US-Army hatte angefragt, ob sie Spezialkräfte entsenden dürfe, die im Zuge des laufenden Manövers ›Kecker Spatz‹ im Hinterland als Partisanen eingesetzt Übungen unter realitätsnahen Umständen durchführen würden.«

Kurz räusperte sich der General, ehe er fortfuhr: »Unsere Aufgabe ist es, diese Aktionen nach Möglichkeit zu unterbinden. Der Bitte unserer Verbündeten wurde von höchster Stelle entsprochen. Man hat uns dies aber leider erst heute Morgen bei Manöverbeginn mitgeteilt. Wir gehen von mindestens zwei Einheiten US-amerikanischer Kommandokräfte aus. Mutmaßlich ein US-ARMY SPECIAL FORCES A-TEAM und/oder US-ARMY RANGERS.

Die GREEN BERETS dürften unser größeres Problem sein. Bei ähnlichen Übungen haben unsere Einzelkämpferjagdkommandos fast immer die Konfrontation mit den ARMY RANGERS beherrscht und zu unseren Gunsten entschieden. Das Problem, das wir nun haben, ist jedoch, dass unsere Einzelkämpfer derzeit über sämtliche Einheiten verteilt am Manöver teilnehmen. Sie herauszuziehen, um aus ihnen ein gesondertes Jagdkommando zu bilden, ist nicht zu machen. Die feindlichen Kommandos sind aber mutmaßlich bereits gelandet. Ein französischer Konvoi hat beim Anmarsch in der Nacht eine Luftlandung beobachtet und uns dies umgehend gemeldet. Da von unserer Seite aus keine Luftlandeeinsätze in diesem Bereich geplant waren, müssen dies die besagten Kommandokräfte gewesen sein. Zumindest ein Teil davon. Wir müssen nun ständig mit Partisanentätigkeit rechnen, die unseren Nachschub und wichtige Kommandostellen sowie unsere Infrastruktur gefährdet.

Daraus folgt, dass wir umgehend handeln müssen. Wir bilden aus den vorhandenen Kräften ein Jagdkommando und gehen die Sache aktiv an. Heißt: Wir suchen und neutralisieren alle Partisanen in unserem Hinterland. Zu diesem Zweck hat uns Oberstleutnant Behr vom Fallschirmjägerbataillon 252 aus Nagold freundlicherweise Hauptmann Schneider mit seiner 2. Fallschirmjägerkompanie zur Verfügung gestellt! Die 2. Kompanie ist für solche Sonderaufgaben besonders ausgebildet und Hauptmann Schneider überdies ein äußerst erfahrener Jagdkommandoführer. Er wird diesen

Einsatz leiten.« Der General und Schneider wechselten einen Blick. »Hauptmann Schneider, erläutern Sie bitte Ihre Idee des Gefechts.«

Hauptmann Schneider trat vor und begann seine Einweisung. Er unterstrich das Gesagte, indem er mit einem Zeigestock auf die entsprechenden Stellen auf der Karte wies.

»Guten Tag, meine Herren. Wir vermuten die Partisanen in der Nähe dieser strategischen Raketenstellung nördlich von uns. Ihre Landezone befindet sich wahrscheinlich nur wenige Kilometer von dieser Einrichtung entfernt. Die Einrichtung selbst wird von den Amerikanern betrieben, aber von uns geschützt. Wir müssen daher davon ausgehen, dass die Partisanen über genaue Kenntnisse der Anlage verfügen. Sie werden vermutlich bereits in diesem kleinen Wald hier nordwestlich der Anlage in Stellung gegangen sein. Der General hat einen Aufklärungsflug unter anderem mit Infrarotbilderfassung angefordert. Die ausgewerteten Luftbilder des Tornado Recce-Aufklärers werden uns in Kürze vorliegen. Bestätigt sich die vermutete Anwesenheit von Feindkräften dort, gehen wir wie folgt vor:

Meine Fallschirmjäger nähern sich zugweise aus unterschiedlichen Richtungen und fächern dabei breit auf. Wir bilden eine Schlinge um die Partisanen, die wir langsam enger ziehen. Wir veranstalten also quasi eine Drückjagd und treiben unser ›Wild‹ auf die Anlage zu. Angelpunkt für unser Vorgehen ist hierfür die Anlage selbst; dabei müssen wir sicherstellen, dass sie zu jeder Zeit geschützt bleibt. Aus diesem Grund bezieht ein Zug und sämtliche MG-Schützen der Kompanie dort Stellung.

Herr General, ich benötige folgende Dinge: Alle verfügbaren Kradmelder und Feldjäger. Die Feldjäger brauche ich als motorisierte Streifen, die Kradmelder als mobile Unterstützung für den Fall der Fälle, dass wir ein Loch schnell stopfen müssen. Wir brauchen Hubschrauber für die schnelle Verlegung zu Brennpunkten und jeden Soldaten, der irgendwie zum Jagdkampf befähigt ist. Ich habe hier eine Jägereinheit in der Sicherung gesehen, die brauche ich auf jeden Fall. Als Ersatz können Sie eine Jäger-Ausbildungskompanie aus Böblingen heranführen!«

»Sie bekommen alle Kradmelder und Feldjäger, die wir auftreiben können. Bei den Jägern in der Sicherung hier handelt es sich leider nur um einen Zug, aber den bekommen Sie auch von mir. Wie von Ihnen vorgeschlagen, ziehen wir eine Ausbildungskompanie heran, welche die Sicherung übernimmt. Mit den Hubschraubern wird es schwierig; ich konnte bisher nur einen einzigen vom Manöver loseisen. Den bekommen Sie aber zur freien Verfügung. Ferner alle Fahrzeuge, die wir auftreiben können.«

17

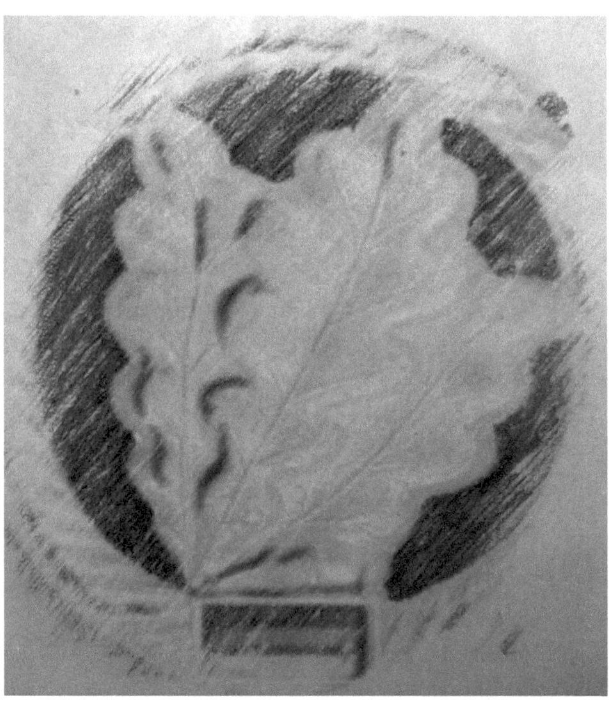

»Danke, dann übernehme ich selbst den Jägerzug und beziehe mit ihm die Ankerstellung an der Anlage. Meine Fallschirmjäger fungieren als Treiber und führen uns die Partisanen dann zu. Den Hubschrauber setzen wir als zusätzliches Druckmittel ein. Er soll mit Beginn der Aktion über dem Waldstück kreisen. Gleichzeitig bestreifen unsere Kradmelder und Feldjäger die angrenzenden Flurbereiche und Ortschaften und befragen die Bevölkerung. Vielleicht hat ja jemand etwas Ungewöhnliches beobachtet.

Männer, jetzt gilt es. Meine Absicht lautet, keinen einzigen dieser Kommandos entwischen zu lassen!«

Der General übernahm wieder: »Meine Herren, Sie haben Hauptmann Schneider gehört! Es gibt viel zu tun, packen wir es an. Wegtreten!«

Die Teilnehmer der Besprechung verließen das Besprechungszelt recht zügig. Als ich mich anschickte, ihnen zu folgen, trat Hauptmann Schneider an mich heran und sprach mich unvermittelt und freudestrahlend an: »Na, diese hässliche Visage kenne ich doch noch von früher, was? Hauptfeldwebel Wolfangel, richtig?«

»Jawohl, Herr Hauptmann. Sie waren mein erster Zugführer bei der Jägertruppe«, erwiderte ich grinsend. Schneider war schon immer ein sehr direkter, aber auch herzlicher Vorgesetzter gewesen – ganz anders als so mancher arrogante Jungoffizier, der glaubte, stets alles besser zu wissen als seine Unterführer mit ihrer oft jahrelangen Erfahrung. Schneider hörte seinen Männern zu und setzte auf die erfahrenen Unterführer seiner Einheit; er nahm ihren Rat auf und bezog sie in die Entscheidungsfindung mit ein. Auch war er sehr nah am einfachen Soldaten – für manche Vorgesetzte zu nah. Und er feierte mit ihnen wie ein ganz normaler Landser ohne jeden Standesdünkel, den Offiziere leider allzu oft an den Tag legten. Schneider und ich hatten jedenfalls so manchen Kolben zusammen geleert …

»Wer könnte gute Männer aus meinem alten Jägerzug je vergessen! Das war eine schöne Zeit als einfacher Jägeroffizier«, meinte Schneider.

»Ja, es war eine schöne Zeit«, sagte ich nickend. »Aber meine jetzigen Jungs sind auch schwer in Ordnung. Sie werden sehen, Herr Hauptmann.«

»Daran habe ich keinen Zweifel, Wolfangel. Und Sie haben es ja auch schon zum Hauptfeldwebel geschafft, gratuliere! Ich habe Ihr Potenzial schon damals erkannt.«

»Danke, Herr Hauptmann, von Ihnen ist das ein ganz besonderes Lob!«

»Ach, übertreiben Sie mal nicht … Ich koche auch bloß mit Wasser.« Schneider griente noch immer, seine weißen Zähne blitzten hervor. Gemeinsam wandten wir uns schließlich dem Ausgang zu und verließen das Zelt.

Draußen erwarteten uns bereits einige Soldaten, darunter die Führer der Feldjäger, der Kradmelder, ein Pilot der Heeresflieger und ein Fallschirmjägerfeldwebel aus Schneiders Truppe. Der Hauptmann erteilte seinem Feldwebel kurze Anweisungen, ehe er zu mir sagte: »Bleiben Sie bitte kurz da, Wolfangel.« Danach richtete er das Wort an die übrigen versammelten

Soldaten. Nochmals wiederholte er seine Ansprache und setzte den Männern seine Absicht auseinander. Nachdem jeder seine Befehle empfangen hatte und zu seiner Einheit zurückkehrte, wandte sich Hauptmann Schneider noch einmal an mich.

»Sie warten ab, bis die Ausbildungskompanie der Jäger aus Böblingen hier eintrifft und die Sicherung übernommen hat. Dann verladen Sie Ihre Leute auf die Lastwagen und die beiden Transportpanzer Fuchs, die schon für Sie und Ihre Männer bereitgestellt wurden. Im Anschluss verlegen Sie nach Sachsenheim, und zwar genau hierhin.« Schneider zeigte mir ein kleines Kreuz, das er auf einer Karte eingetragen hatte. Er überreichte mir die Karte.

»Da befindet sich besagte Raketenstellung. Wenn Sie dort eintreffen, sichern Sie die Anlage sofort ab, vor allem gegen das Wäldchen im Westen; da vermuten wir ja die Amis. Die Wachmannschaft der Anlage ist informiert und wird sich Ihnen unterstellen – sie munitioniert nach Ihrer Ankunft auf Manövermunition um. Ein paar Kradmelder habe ich bereits als Soforthilfe losgeschickt; diese unterstützen die Wachmannschaft bis zu Ihrem Eintreffen. Hoffen wir, dass die Partisanen nicht allzu früh zuschlagen …

Meine Fallschirmer übernehmen die Rolle der Treiber bei unserer kleinen Drückjagd und stoßen dann fürs Finale zu Ihnen. Bis zum Abrücken sollen sich Ihre Männer ausruhen. Das werden noch turbulente Tage … Alles verstanden? – Gut, dann: Ausführung, Hauptfeldwebel!«

Ich wandte mich zum Gehen. Es war alles Nötige gesagt, nun galt es zu handeln.

Bis auf eine Notbesetzung hatte ich meine Männer schlafen geschickt; sie sollten Kräfte sammeln für das Kommende. Die Ablösung durch die Ausbildungskompanie der Jäger erfolgte bereits vier Stunden später, so dass ich meine Einheit früher wecken musste als gedacht. Der General hatte wohl einigen ziemlich Beine gemacht. Die Übergabe ging flott und entspannt vonstatten, da ich die meisten der Ausbilder kannte, die ihre Zöglinge nun früher als vorgesehen in einen Einsatz führen mussten.

Nach dem ich meine eigenen Schäfchen eingesammelt und uns abgemeldet hatte, verfrachtete ich meinen Jägerzug auf die bereitstehenden Unimog- und MAN-LKW sowie die beiden Fuchs-Transportpanzer. Wir hatten alle Lastwagen zusätzlich mit MG3 in Ringlafette bewaffnet, somit konnten wir auf zusätzliche Feuerunterstützung zurückgreifen, falls dies nötig werden sollte. Die beiden Füchse waren ohnehin mit MG ausgestattet. Ich hatte mir noch zusätzlich eine 40-mm-HK69A1-Granatpistole beschafft, um bei den Amis gegenhalten zu können, die sicherlich ihren am Sturmgewehr montierten 40-mm-M203-Granatwerfer ins Feld führten.

In der Regel bekamen wir solches schöne Spielzeug nur selten in die Hände, aber nun sorgte unser waidwunder General dafür, dass sich für uns die Tore sämtlicher verfügbaren Waffenkammern öffneten. Was so ein bisschen Motivation doch alles möglich machen konnte, war schon erstaunlich.

Die Raketenstellung

Nachdem mein Zug vollzählig die Fahrzeuge besetzt hatte, bestieg ich den Fuchs-Panzer, der die Spitze unserer Kolonne übernehmen sollte, und befahl, unseren zugewiesenen Einsatzort, jene bedrohte Raketenstellung nahe des Ortes Sachsenheim, im Eilmarsch zu erreichen.

Weniger als eine Stunde später trafen wir ein. Die achtköpfige Wachmannschaft, die spürbar nervös war, empfing uns. Rund ein Dutzend Kradmelder hatten um die Anlage herum bereits Verteidigungsstellungen bezogen.

Ich bat den Wachführer, einen Unteroffizier, mich in die Anlage einzuweisen und herumzuführen. Die gesamte Raketenstellung war mit einem Maschendrahtzaun gesichert, auf dessen Krone sich NATO-Klingendraht windete. Direkt am Fuße des Zaunes waren weitere Rollen Klingendraht gespannt. An den Eckpunkten waren sogar mehrere Rollen übereinandergeschichtet worden. Die gesamte Anlage war in etwa quadratisch angelegt und erinnerte entfernt an ein römisches Kastell. Hinter der Zaunanlage folgte ein betonierter Streifenweg und schließlich ein grasbewachsener Erdwall, der sowohl dem Sichtschutz diente als auch im Kriegsfall als Splitterschutzwall.

Im Zentrum der Anlage erstreckte sich eine mit Betonplatten befestigte Freifläche, in deren Fugen das Gras schon büschelweise hervorbrach. An der Einfahrt direkt hinter dem einzigen Tor, eingerahmt von versetzt angeordneten Wällen, befand sich das kleine Wachhaus. Im Wesentlichen bestand es aus der Wachstube, einem dahinterliegenden Ruheraum mit Stockbetten und einer winzigen Nasszelle mit WC und Dusche. Davor parkten die Motorräder unserer Kradmelder, abfahrbereit aufgereiht.

Es gab zahlreiche solcher Stellungen in ganz Westdeutschland, die im Verteidigungsfall von mobilen Raketen- und Radareinheiten bezogen werden konnten. Es existierten gar mehr Stellungen als überhaupt entsprechendes Gerät bereitstand, da dies zum Täuschungskonzept gehörte, um den Warschauer Pakt im Unklaren darüber zu lassen, wo im Ernstfall die mobilen Einheiten operieren würden.

Ich beschloss, meine MG-Trupps auf dem Wall in Stellung zu bringen. Hier bot sich ihnen das beste Schussfeld nach allen Seiten. Meine übrigen Soldaten verteilte ich gleichmäßig über den gesamten Wall. Wenn Schneider mit den Maschinengewehrtrupps seiner Einheit eintraf, wollte ich ihm vorschlagen, sie außerhalb der Anlage geballt gegen das Wäldchen im Westen in Stellung zu bringen. Etwas 40 Meter vor der Anlage in Richtung Wäldchen verlief ein Abwassergraben entlang eines betonierten Feldweges parallel sowohl zur Anlage als auch zum Wäldchen. Er eignete sich hervorragend als improvisierter Schützengraben. Meine Jäger würden dann vom Wall aus über die Fallschirmer im Graben hinwegfeuern, so dass wir problemlos die doppelte Feuerkraft entfalten konnten.

Bis zum Eintreffen von Schneiders Männern brachte ich die beiden TPz Fuchs zwischen den Wald und die zu schützende Anlage. So nahmen wir etwaigen Beobachtern im Waldstück die Sicht auf die Anlage oder schränkten sie zumindest ein. Unsere LKW ließ ich im Zentrum der Raketenstellung abstellen.

Wenigstens befanden sich keine mobilen Einheiten der Amis vor Ort … Das hätte alles verkompliziert. Die Einweisung meiner Männer ging rasch vonstatten; es handelte sich um erstklassige Jäger, die wussten, was ich von ihnen erwartete. Den Wachhabenden und seine Wachmannschaft wies ich an, das Tor zu sichern. Ihnen schienen der ganze Trubel und die Aufregung etwas unheimlich zu sein.

Die Kradmelder zog ich aus der Verteidigung heraus und befahl ihnen, sich als Einsatzreserve am Wachhaus bereitzuhalten. Nachdem alle mit Befehlen versorgt waren und zu rödeln begannen, nahm ich mir die Zeit und legte mich bäuchlings auf den Wall, um mit meinem Steiner-Fernglas gegen das Wäldchen zu beobachten. Zwischen der Stellung und dem Waldrand erstreckten sich außer dem betonierten Feldweg mit dem Abwassergraben noch einige Felder, eine Wiese, eine Landstraße, die nach Sachsenheim führte und sich dabei am Waldrand entlangschlängelte, und ein schmaler Grünstreifen mit vereinzelten Bäumen. Insgesamt lagen vielleicht 200 Meter zwischen der Raketenstellung und dem Waldrand. Da sich die Anlage auf einer kleinen Anhöhe befand, fiel die Landstraße zu beiden Seiten stark ab, weshalb sie nach rund 50 Meter bereits aus meinem Sichtfeld verschwand. In mir keimte eine wage Idee, die ich mit Hauptmann Schneider besprechen wollte, sobald er eingetroffen war.

Als ich mit dem Feldstecher den Waldrand abschwenkte, überkam mich mit einem Mal ein eigenartiges Gefühl. Meine Nackenhaare sträubten sich. Mir war, als würde ich selbst beobachtet werden. Langsam rückwärts rutschend verließ ich die Kuppe des Umgrenzungswalles. Ich war nun absolut davon überzeugt, dass Hauptmann Schneider recht hatte mit seiner Vermutung, die Amis wären vielleicht schon vor Ort. Ich rief meinen Männern zu, dass sie Augen und Ohren offenhalten sollten. Wir hatten wahrscheinlich bereits Gesellschaft … Die Anspannung, die uns nun alle ergriff, war nahezu physisch greifbar.

Nur Augenblicke später hörten wir das Dröhnen eines tieffliegenden Jets und ein Panavia 200-Tornado überflog uns in mittlerer Höhe. Der Aufklärungsbehälter unter dem Mittelrumpf kennzeichnete ihn als RECCE-Aufklärungsmaschine. Der General hatte Wort gehalten und uns einen Aufklärer von der Luftwaffe organisiert. Die Auswertung würde nicht lange dauern; die Kameraden der Luftbildauswertung waren immer recht fix.

Etwa drei Stunden später traf Hauptmann Schneider ein. Er ließ sich sofort von mir in die Stellungen einweisen, wie ich es zuvor mit dem Wachhabenden der Wachmannschaft gemacht hatte. Meine Maßnahmen schienen seine Zustimmung zu finden und so brachte ich bei ihm meine weiteren Ideen für die Verteidigung vor: die MG-Trupps der Fallschirmjäger im Abwassergraben positionieren, die Kradmelder in Reserve halten, und schließlich meine Idee zum Einsatz der TPz Fuchs. Ich wollte die beiden Radpanzer von ihrer derzeitigen Position vor der Anlage abziehen und außer Sichtweite auf der Landstraße positionieren, die am westlichen Wäldchen entlanglief – den einen links und den anderen rechts des Wäldchens. Sobald sich der Gegner am Waldrand zeigen würden, würden die Radpanzer heranpreschen und ihn so überrumpeln. Sollten die Kommandos danach immer noch Widerstand leisten, würde die Maschinengewehre der Radpanzer, der Fallschirmjäger und die meines Jägerzuges zusammenwirken und so ein tödliches Sperrfeuer entfalten.

Schneider hörte sich meine Ausführungen interessiert an und stimmte meinen Vorschlägen vollumfänglich zu. Er wollte nur zusätzlich noch ein paar meiner Männer auf jedem der TPz wissen, um nach dem Heranführen der Fahrzeuge sofort absitzen und den Gegner niederwerfen zu können.

So wurde es dann auch umgesetzt. Ich zog zwei Trupps aus der Verteidigung der Anlage heraus und stellte sie für den mobilen Einsatz auf den Füchsen ab. Sie begaben sich umgehend in den Transportraum der Panzer. Nach der Aufnahme der Trupps rückten die Panzerkommandanten mit ihren Fahrzeugen zu den zugewiesenen Ausgangsstellungen ab. Die Feldjäger wurden verständigt und führten von beiden Seiten Kräfte heran, welche die Landstraße für den Zivilverkehr sperrten. Wir wollten schließlich niemanden gefährden. Dabei stimmten sich die Feldjäger eng mit den örtlichen Polizeikräften ab. Die Zivilbevölkerung verhielt sich im Allgemeinen sehr kooperativ bei derlei Aktionen und zeigte großes Verständnis.

Besonders die Landwirte waren regelrecht begeistert, wenn sich mal ein Panzer auf ihr Feld verirrte oder landwirtschaftliche Gebäude beschädigt wurden, zahlten doch die Schadensregulierer der Bundeswehr immer sehr großzügige Kompensationen für entstandene Schäden.

Da wechselten auch schon mal ein paar Naturaliengaben den Besitzer, damit ein Panzerfahrer – ganz versehentlich natürlich – ein altes Gebäude mitnahm. Generell war die Bevölkerung an große Manöver gewöhnt; das gehörte im Kalten Krieg zum Alltag. Erst später wurden militärische Manöver gänzlich auf Übungsplätze verbannt.

Wie erwartet hatten die Luftbildauswerter sehr schnell gearbeitet und Schneider erhielt per Kurierkradmelder einige Aufnahmen des Wäldchens samt dazugehörigen Erläuterungen. Er rief alle Unterführer, die sich vor Ort befanden, zusammen, um im Wachhäuschen, das er zu seinem Kommandostand auserkoren hatte, eine Besprechung abzuhalten. Funker hielten derweil die Fühlung zu den Fallschirmjägern, den Feldjägern und zu unserem Hubschrauber.

Jener Bell UH-1D-Transporthubschrauber stand nicht weit entfernt bereit, genauer gesagt in der Nähe von Malmsheim auf dem Gelände einer SAR-Rettungseinheit, die ebenfalls mit einem Bell UH-1D in der SAR-Ausführung ausgerüstet war. Sie flog von dort aus Rettungseinsätze im Such- und Rettungsdienst der Bundeswehr. Der Helikopter war im Gegensatz zu vielen zivilen Rettungshubschraubern nachtflugtauglich sowie mit einer Rettungswinde ausgestattet und sollte, wenn erforderlich, den zivilen Rettungsdienst unterstützen. Jener Flugplatz bei Malmsheim sollte noch eine entscheidende Rolle für uns spielen, doch davon ahnten wir zu diesem Zeitpunkt noch nichts.

Schneider räusperte sich kurz und begann uns dann die Luftbildaufnahmen zu erläutern: »Meine Herren, die Luftbildauswerter haben im Zentrum dieses Waldstückes ein Lager entdeckt. Dazu zahlreiche Wärmequellen, die als Personen interpretiert werden. Es sind zwölf an der Zahl, weshalb ich davon ausgehe, dass wir es mit US-Army Rangern zu tun haben – vermutlich ein verstärkter Aufklärungstrupp. Wir wissen, dass wir es auf dieser Übung mit US-Special Forces und Rangern zu tun bekommen.« Schneider lächelte hintergründig. »Die Green Berets operieren jedoch in sechs-Mann-Teams.«

Die Ranger zählten vom Prinzip her zur leichten Infanterie und waren in etwa mit den Jägern der Bundeswehr vergleichbar. Die Männer des Aufklärungstrupps im Wäldchen dürften allerdings allerhand Spezialausbildungen genossen haben, was sie auf eine Stufe mit deutschen Spezialisten der Infanterie hob: den Fernspähern.

»Zwar haben sich unsere Jagdkommandos in Manövern meist gegen Ranger-Einheiten durchgesetzt, dennoch dürfen wir diese Männer auf keinen Fall unterschätzen.

Ich hatte übrigens gehofft, dass wir zuerst auf die Ranger stoßen, da die Special Forces eine wesentlich härtere Nuss zu knacken werden dürften. Sie sind nämlich speziell für den Guerillakampf ausgebildet.

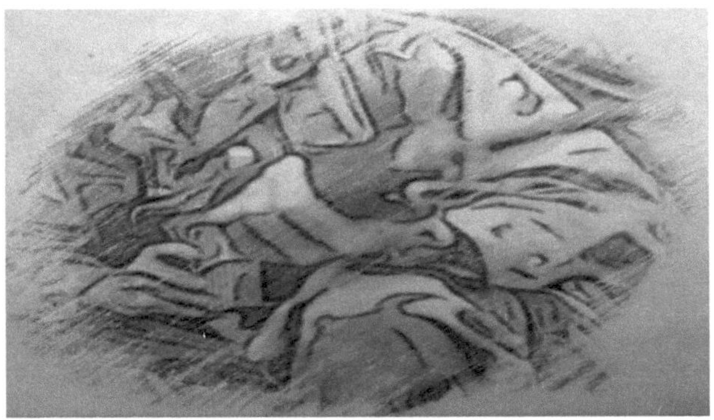

Bei den Rangern haben wir zumindest eine reelle Chance, ihnen rasch beizukommen – was uns die Zeit verschaffen würde, uns auf die Special Forces zu konzentrieren. Dennoch: Der Plan steht und wird wie besprochen umgesetzt.« Schneider ließ seinen Blick über die angespannten Gesichter schweifen. Wir hörten ihm aufmerksam zu.

»Die Zeit drängt, Kameraden. Meine Absicht ist es daher, in 30 Minuten loszuschlagen. Bereiten sie zügig alles vor.

Ich werde Zweistern-grün mit meiner Signalpistole als Zeichen für den Beginn unserer Drückjagd abfeuern. Dreistern-grün löst den Einsatz der Radpanzer aus. Zum Abbruch schieße ich Einstern-rot. Meine Fallschirmjäger sind bereits im Bilde, ebenso die Kommandanten der TPz Fuchs und unsere Luftunterstützung.

Der Helikopter wird einige Minuten vor Beginn der Aktion aufsteigen und über dem Waldstück kreisen. Auf mein Zeichen hin wird er einige Tiefflüge in hoher Geschwindigkeit ausführen. Das sollte die Amis aufschrecken und nervös machen. Dann ziehen meine Fallschirmjäger die Schlinge langsam zu und treiben den Gegner lautstark aus dem Wald heraus – direkt vor unsere MG-Stellungen.« Schneider legte eine Kunstpause ein, ehe er fortfuhr: »Und die Falle schnappt zu. Ich wünsche uns allen Glückab und Horrido! WEGTRETEN!«

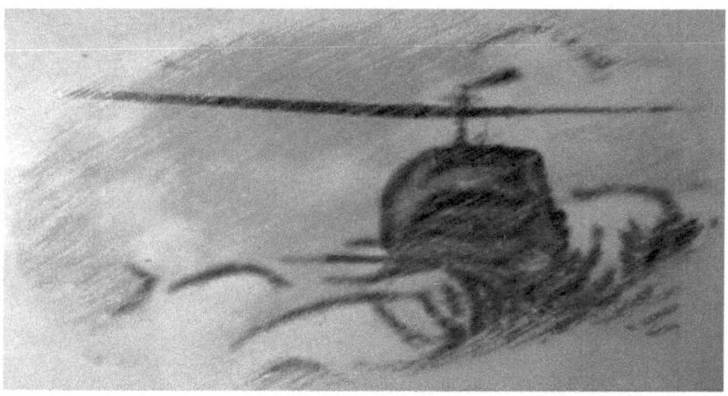

Wenig später war es so weit. Das typische Geräusch einer Bell UH-1D wurde überdeutlich hörbar. Nicht umsonst wurde das Arbeitstier der deutschen Lufttransporteinheiten »Teppichklopfer« genannt: Seine Rotoren produzierten ein dröhnendes Klopfen.

Die Bell UH-1 hatte sich in den Diensten der US-Streitkräfte bereits in verschiedensten Rollen im Vietnamkrieg bewährt: als Transportmaschine, als Sanitätshubschrauber für die Evakuierung Verwundeter, als Kampfhubschrauber und mit Soundsystemen samt Lautsprecher ausgerüstet sogar als Instrument der psychologischen Kriegsführung und Propaganda.

Unsere Bell näherte sich gemächlich und drehte dann einige Runden über dem Wäldchen. Schneider vergewisserte sich nochmals, ob auch alle bereit waren, und hob dann mit gestrecktem rechtem Arm die Signalpistole über den Kopf. Nur Augenblicke später gab es einen Knall und die Leuchtpatrone beförderte zwei grüne Leuchtsterne über das Einsatzgebiet. Unvermittelt änderte der Helikopter sein Flugverhalten und ging mit beschleunigter Geschwindigkeit in den Niedrigflug über. Haarscharf jagte er über die Baumwipfel hinweg wie ein riesiger Raubvogel auf Beutefang. Im Wald musste das einen ungeheuren Lärm verursachen.

Zeitgleich drangen die Fallschirmjäger von drei Seiten ins Wäldchen ein. Der dumpfe Klang explodierender Übungshandgranaten und das Rattern der automatischen Waffen beherrschte bald die Geräuschkulisse. Die Drückjagd hatte begonnen.

Die Fallschirmer warfen dazu zunächst eine Reihe blauer Übungshandgranaten mit Kalkfüllung vor ihre Linien und rückten dann sturmschießend vor. Dieses Prozedere wiederholten sie, und mit jedem Mal drangen sie tiefer in den Wald ein. So zog sich die Schlinge um die Partisanen langsam zu; sie konnten nur noch in Richtung der Raketenstellung ausweichen. Tatsächlich dauerte es nicht lange und es entstand Bewegung an der Waldkante. Mehrere offenkundig bewaffnete Gestalten in Tarnuniform stürzten wild um sich feuernd aus dem Wald hervor und versuchten sich nach Sachsenheim abzusetzen.

Doch Schneider war auf der Hut und feuerte eine zweite Leuchtpatrone ab. Drei grüne Leuchtsterne erblühten über dem Gefechtsfeld.

Ich befahl den MG-Trupps, das Feuer zu eröffnen. Das gleichzeitige Belfern all der Maschinengewehre produzierte einen unbeschreiblichen Radau. Das war schon ein eindrucksvolles Schauspiel, so viel Feuerkraft in Aktion zu erleben, auch wenn es sich nur um Übungsmunition handelte, die hier verschossen wurde.

Einen Wimpernschlag später vernahm ich das Dröhnen der auf Volllast laufenden Radpanzermotoren. Der von der Ortschaft her kommende Fuchs bremste mit voller Kraft unmittelbar vor den ausweichenden Amerikanern ab. Noch bevor das Fahrzeug richtig zum Stillstand gekommen war, stürzten die Jäger aus dem Transportraum hervor und auf die Partisanen zu, die Waffen feuerbereit erhoben. Das direkt auf die Amerikaner gerichtete MG3 des Radpanzers unterdrückte dann effektiv jeden Widerstandswillen. Sie hoben enttäuscht die Arme als Zeichen der Kapitulation.

Allerdings waren uns nicht alle zuvor aufgeklärten Partisanen ins Netz gegangen. Wir hatten nur sechs Amerikaner an der Waldkante gestellt. Sofort gingen die mit den beiden Radpanzern eingetroffenen Jäger gegen das Wäldchen in Stellung, da sich von dort jemand zu nähern schien. Sekunden später tauchten die ersten von Schneiders Fallschirmjägern aus dem Wald auf, allesamt breit grinsend.

»Wir haben da ein kleines Präsent für Sie, Herr Hauptmann!«, rief ein Oberfeldwebel und winkte seinem Vorgesetzten. Daraufhin traten sechs weitere Amerikaner aus dem Wald, entwaffnet und eskortiert durch weitere Fallschirmjäger.

Schneider war da schon vor Ort; er war sofort drauflos gesprintet, als die ersten Gefangenen gemacht geworden waren. Nun befahl er seinen Fallschirmern, die Gefangenen beim Wachgebäude zu sammeln und im Anschluss zu den Verladepunkten abzurücken. Schneider hatte Verpflegung angefordert, die dort auf seine Leute wartete. Der Rest sollte sich ebenfalls zum Wachgebäude begeben. Nur mein Zug verblieb in der Sicherung, um die Raketenstellung weiterhin zu schützen.

Kurz darauf meldete sich ein Lastwagenfahrer bei mir und eröffnete meiner staunenden Wenigkeit, dass er eine Wagenladung Leberkäsewecken mit Senf für mich habe, frisch zubereitet in einer Metzgerei in Sachsenheim – mit den besten Grüßen von Hauptmann Schneider. Mir war natürlich klar, dass die Bundeswehr für so etwas nicht aufkam … ergo hatte Schneider selbst in die Tasche gegriffen. Die ganze Aktion war typisch für ihn. Und er hatte nach der wohlschmeckenden Mahlzeit die wohl hochmotiviertesten Soldaten der gesamten Bundeswehr zu seiner Verfügung.

Das Verhör

Die Fallschirmjäger hatten zahlreiche Beutestücke im Waldstück aufgesammelt oder den Gefangenen abgenommen und nun vor dem Wachgebäude aufgetürmt: Rucksäcke, Waffen, Funkgeräte und weitere Ausrüstung aller Art.

Schneider betrachtete die Ansammlung fremder Ausrüstungsgegenstände interessiert und erteilte dann einem Feldwebel ein paar Anweisungen, die ich nicht verstehen konnte, da meine Jäger gerade lautstark wie ein Rudel hungriger Wölfe über das gelieferte Futter herfielen.

Wenig später konnte ich beobachten, wie die Gefangenen in einer Reihe entlang des Walls Aufstellung nehmen mussten. Die amerikanischen Ranger blickten finster vor sich hin, hatten sie doch nicht ein einziges ihrer Einsatzziele erreicht. Neugierig trat ich etwas näher heran und konnte gerade noch mitbekommen, wie Schneider zu einer Rede an die Gefangenen ansetzte. Irgendetwas an der Szenerie störte mich; ich konnte aber absolut nicht sagen, was mich irritierte – es war mehr so ein dumpfes Gefühl im Hinterkopf.

Schneider hob seine Stimme, damit die Gefangenen ihn deutlich hören konnten. Auf Deutsch sagte er: »Sie sind nun Gefangene der Bundeswehr, das ist die Streitkraft der Bundesrepublik Deutschland, Ihnen vielleicht auch als ›Westdeutschland‹ bekannt. Ihre Kameraden von den Army Special Forces haben heute Nacht eines unserer Munitionsdepots überfallen und die dortige Wachmannschaft ermordet. Ihre Regierung hat sich von Ihrem terroristischen Verhalten gegenüber einem NATO-Verbündeten umgehend distanziert und Sie alle fallengelassen. Sie sind nun Freiwild … von Ihren eigenen Vorgesetzten zum Abschuss freigegeben.

Da wir Sie ohne Nationalitätskennzeichen und Erkennungsmarken in unserem Gebiet aufgegriffen haben, werden Sie wie irreguläre Kämpfer behandelt, wie Partisanen und Guerillas.« Schneiders Worte hallten über die Raketenstellung. »Wie Terroristen.«

Die Mehrzahl der Amerikaner taxierte Schneider verständnislos. Offensichtlich hatten sie seinen Vortrag nicht verstanden. Zwei Mann allerdings schauten betroffen, ja entsetzt drein, und schüttelten ungläubig den Kopf. Natürlich war dies auch Schneider nicht entgangen und er befahl einem Feldwebel der Fallschirmer, die beiden zum Verhör ins Wachhaus zu bringen. Die anderen Gefangenen sollten nach draußen vor den Wall geführt werden.

Als Schneider sich zum Gehen anschickte, entdeckte er mich und bedeutete mir, mich zu ihm zu gesellen.

»Ah, Hauptfeldwebel, Ihre Männer haben heute gute Arbeit geleistet«, eröffnete er das Gespräch.

»Danke, Herr Hauptmann, aber das war eine Gemeinschaftsleistung von allen Beteiligten«, antwortete ich.

»Da haben sie sicher recht, Wolfangel. Würden Sie mich beim Verhör der beiden Amerikaner unterstützen?«

»Sicher, Herr Hauptmann, nur habe ich leider gar keine Erfahrung mit so etwas«, sagte ich etwas erstaunt.

»Das macht nichts; Sie müssen nur Sie selbst sein!«

»Ich fürchte, ich verstehe nicht, Herr Hauptmann.«

»Das werden Sie noch … das werden Sie noch. Kommen Sie einfach mit«, antwortete er nebulös. Daraufhin folgte ich Hauptmann Schneider ins Wachhaus, wo man die beiden gefangenen Amerikaner auf je einem Stuhl in der Wachstube fixiert hatte. Vier grimmige Fallschirmjäger standen dahinter und beäugten sie.

Schneider baute sich demonstrativ vor den beiden Gefangenen auf. Die Hände in die Hüften gestemmt, sagte er ihnen auf den Kopf zu: »Sie können sich Ihre Spielchen mit mir sparen. Ich weiß sehr gut, dass Sie mich verstehen.«

Die Amis blickten ihn überrascht an. Ich hatte mich neben der Tür positioniert, von wo ich das Geschehen beobachtete.

»Wir können mit Ihnen machen, was wir wollen – dazu geben uns die Genfer Konvention und die Haager Landkriegsordnung jedes Recht, denn Sie sind Agenten einer fremden Macht, mit der wir im Konflikt stehen.

Vielleicht sind Sie auch einfach nur Terroristen und Kriminelle; ich könnte Sie jedenfalls sofort standrechtlich erschießen lassen und kein Hahn würde danach krähen.« Schneider setzte das kalte Lächeln eines Raubtiers auf. Die Überraschung in den Gesichtern der Gefangenen war grausigem Entsetzen gewichen. Der Kleinere von beiden, ein Italoamerikaner, schüttelte immer wieder ungläubig den Kopf, als würde er versuchen, sich selbst aus einem schlimmen Albtraum aufzuwecken.

Der Größere, ein Lieutenant, stammelte mit starkem Akzent: »Das können Sie nicht machen. Wir hatten die Erlaubnis Ihrer Regierung! – Mehr als unsere Namen und Kennnummern werden Sie jedenfalls nicht von uns erfahren. Lieutenant Neil Young, US-Army, Kennnummer 847548 …«

Mit einer wegwischenden Handbewegung unterbrach Hauptmann Schneider die Ausführungen des Rangers: »Das ist in dem Augenblick hinfällig geworden, in dem Ihre Green Berets unsere Leute umgebracht haben. Jetzt sind Sie Freiwild. Sie werden mir ausführlich die Ziele dieser Mörderbande nennen und alles, was Sie sonst noch über ihre eigenen Aktionen und die der Special Forces wissen. Ansonsten werden Sie so enden wie Ihre Kameraden, die ich nach draußen vor die Anlage bringen ließ.«

In diesem Augenblick trat ein Feldwebel der Fallschirmjäger ein. Er blickte Schneider an und sagte: »Es ist alles vorbereitet, Herr Hauptmann.«

»Gut. Führen Sie meine Befehle aus, Feldwebel.« Mit einem wölfischen Gesichtsausdruck wandte er sich wieder den Gefangenen zu: »Passen Sie gut auf, was gleich passiert. Das blüht Ihnen auch, wenn Sie nicht reden.«

Von außerhalb des Schutzwalls klangen nun unverständliche Rufe herüber und kurz darauf ein scharfes Kommando, gefolgt von einer krachenden Gewehrsalve. Dann folgten einige vereinzelte Schüsse, offenbar aus einer Pistole.

Ich wohnte all dem starr vor Entsetzen bei. Das konnte doch alles nicht wahr sein. Ich musste eingreifen. Ich sagte mit fester Stimme: »Herr Hauptmann, ich protestiere aufs Schärfste! Dieser Umgang mit Gefangenen ist unhaltbar!«

Schneider blickte mich finster an. »Wenn Sie einen zu schwachen Magen haben, dürfen Sie draußen warten, Hauptfeldwebel.« An die Gefangenen gewandt, fuhr er unbekümmert fort: »So, meine Herren, Sie werden mir jetzt sagen, was ich wissen will, oder Sie haben jeden Nutzen für mich verloren.«

Der Kleinere der Gefangenen sah aus, als bräche er jeden Moment in Tränen aus, während der amerikanische Lieutenant eine versteinerte Miene aufgesetzt hatte und Schneider herausfordernd anstierte. Der ließ sich nicht beirren und forderte die beiden Ranger erneut zu einer Aussage auf.

»Sie sollten niemals Pokern. Ihr Bluff ist durchschaubar und kann uns nicht täuschen. Sie würden es nie wagen, einen US-Amerikaner zu verletzen oder gar zu töten«, versetzte der Lieutenant scharf.

Schneider zeigte sich unbeeindruckt und gab den Wachen einen Wink.

»Schafft die Kerle nach draußen. Wir wollen ihnen zeigen, wie wir bluffen!«

Daraufhin packten die Fallschirmjäger die beiden Ranger und beförderten sie unsanft aus dem Wachhaus. Ich folgte ziemlich verstört der Prozession nach draußen. Ich stolperte und wäre beinahe der Länge nach hingefallen, so sehr war ich neben der Spur. Dunkle Wolken, die sich vor den Himmel geschoben hatten und das Tageslicht dämpften, erschienen mir in diesem Augenblick wie ein böses Omen.

Und dann fiel es mir wie Schuppen vor den Augen. Mein Herz setzte einen Schlag aus. Meine Kehle schnürte sich zu. Mir wurde klar, was mich vorhin beim Anblick der Fallschirmjäger irritiert hatte: Der Lauf ihrer Gewehre war nicht mehr mit dem sogenannten Manöverpatronengerät versehen, das beim Verschießen von Übungsmunition verwendet wurde, sondern mit dem standardmäßigen Mündungsfeuerdämpfer für Gefechtsmunition. Für potenziell tödliche Gefechtsmunition. Ich warf Schneider einen verstohlenen Seitenblick zu. Hatte der Hauptmann den Verstand verloren? Schneider führte die Gefangenen unbeirrt zu den in der Raketenstellungen parkenden Lastwagen. Ich taumelte unbeholfen hinterher.

Der nächste Schock folgte auf dem Fuße, als ich sah, wie immer wieder jeweils vier Fallschirmjäger einen rund zwei Meter langen Kunststoffsack zu einem LKW trugen und auf dessen Ladefläche abluden. Während im Hintergrund diese Arbeiten abliefen, blieb Schneider stehen und drehte sich zu den Gefangenen um.

»Ihre Auftraggeber haben wirklich an alles gedacht. Sie haben jedem von Ihnen als Teil Ihrer Ausrüstung einen Leichensack mitgegeben, was uns nun die Arbeit deutlich erleichtert.«

Beide Gefangenen zitterten und der Kleinere begann zu schluchzen, während ihm die Tränen über die Wangen rannen. Aber der Lieutenant blieb weiter stur und verweigerte jede Aussage. Schneider seufzte.

»Das hatte ich eigentlich vermeiden wollen, aber Sie lassen mir keine Wahl …«

Er zückte seine Walther P1-Dienstpistole aus dem schwarzen Lederholster, sein Daumen ruhte auf dem Schlittenfanghebel. Dann ließ er mit einer flüssigen Bewegung den Schlitten vor- und zurückgleiten. Dieser verriegelte mit einem metallischen Klacken. Im Anschluss hielt Schneider die Pistole, bei der nun deutlich sichtbar der Abzugshahn gespannt war, dem Kleineren an die Stirn.

»Ich werden nun von drei aus rückwärtszählen und dann abdrücken«, referierte er, als würde er über das Wetter sprechen. »Wenn Sie mich aufhalten wollen, fangen Sie an zu reden.« Sein Blick traf den des Lieutenants. Dann begann er zu zählen: »Drei, zwo, eins …«

Klick!

Schneider hatte den Abzug durchgezogen, der Hammer war auf den Schlagbolzen der P1 geschlagen, aber nichts war passiert. Der Hauptmann blickte die Waffe indigniert an und schlug sich dann mit der flachen Hand gegen die Stirn.

»Verzeihung, meine Herren, das hätte mir wirklich nicht passieren dürfen. Ich habe glatt vergessen, meine Knarre zu laden.«

Er drückte betont langsam den Magazinlöseknopf am unteren Griffstückende der P1 und zog das leere Magazin aus dem Schacht. Bevor er es wegsteckte, hielt er es dem Lieutenant vor das Gesicht und zuckte dabei bedauernd mit den Schultern.

Baff und mit offenem Mund wohnte ich dem Geschehen bei. Ja, ich hätte eingreifen müssen, aber ich war so überrumpelt, dass ich zu keiner Regung imstande war. Hilflos suchte mein Blick Schneiders Fallschirmer, die den Gefangenen nicht von der Seite wichen, doch für sie schien das Vorgehen ihres Vorgesetzten das Normalste von der Welt zu sein.

Schneider fummelte nun umständlich ein anderes Magazin aus der Bereitschaftstasche. Wieder hielt er das sichtbar befüllte Magazin dem amerikanischen Lieutenant unter die Nase. Dabei konnte ich von meiner etwas abseitigen Position aus das Messing der Hülsen und die Rundung der Vollmantelgeschosse der 9-mm-Parabellum-Patronen erkennen.

Nun führte Schneider das volle Magazin in den Magazinschacht der P1 ein, bis es hörbar einrastete, und zog danach den Schlitten langsam zurück. Alle Anwesenden konnten die erste Patrone im Magazin deutlich sehen, als der Verschluss geöffnet war. Schneider ließ den Schlitten nach vorne schnellen, was erneut ein Klicken verursachte, dieses Mal unterlegt mit einem zweiten metallischen Ton, welches dem erfahrenen Waffenbenutzer anzeigte, dass eine Patrone ins Patronenlager befördert worden war.

Wieder hielt Schneider dem kleineren Ranger den Pistolenlauf gegen die Stirn und begann rückwärts zu zählen: »Drei.«

Der kleine Amerikaner begann heftiger zu zittern. Dicke Tränen kullerten über seine Wangen. »Please no … please no … let me go«, flehte er.

Aber Schneider zählte gnadenlos weiter: »Zwo.«

Schließlich bildete sich ein dunkler Fleck auf der Hose des kleinen Amerikaners und ein scharfer Geruch nach Urin breitete sich aus.

Ich rang mich endlich dazu durch, einzugreifen. Aber was tun? In meiner Waffe steckte nur Übungsmunition. Ich musste an mein Kampfmesser denken, das ich verdeckt trug, weil es viele Vorgesetzte der Bundeswehr nicht gern sahen, wenn man private Ausrüstung verwendete. Aber mit den ganzen Fallschirmjägern, die Schneider offensichtlich treu ergeben waren, hatte ich wenig Aussicht auf Erfolg. Meine Gedanken rasten.

»Eins …«, zählte Schneider unerbittlich weiter.

»Stop it! I talk, okay? For God's sake, just stop it! Bitte, ich spreche über alles«, preschte der Lieutenant vor und tat einen Schritt auf Schneider zu. Sogleich legten sich zwei schaufelgroße Hände der Fallschirmjäger auf seine Schultern und fixierten ihn. Schneider senkte die Waffe langsam, sicherte sie und verstaute sie in seiner Pistolentasche. Dann griff er in die Kartentasche, die er stets bei sich trug, und pfefferte eine Karte und einen Bleistift vor die Stiefel des Lieutenants.

»Zeichnen Sie alles ein. Und wehe, Sie versuchen mich hereinzulegen! Es gibt Schlimmeres, als erschossen zu werden …«

Schneider starrte seinen Kontrahenten unerbittlich an. Der nickte und ging auf die Knie, wo er sogleich damit begann, Eintragungen in die Karte vorzunehmen. Sein Kamerad war ebenfalls auf die Knie gefallen und schließlich zu Boden gesunken. Er wimmerte und war nur noch ein Häuflein Elend.

Als der Ranger-Lieutenant alles eingetragen hatte, reichte er Schneider die Karte, der sie eingehend studierte. Schließlich hellte ein Lächeln seine Miene auf. Er verkündete lautstark: »Alles herhören! Ihr könnt aufräumen … bringt die Gefangenen wieder rein in die Anlage und transportiert sie anschließend mit dem LKW zum Gefangenensammelbereich beim Stab.

Die Feldjäger sollen den Transport sichern. Gebt dem Kleinen hier eine neue Hose und ein Sani soll sich um ihn kümmern.« Schneider lachte und zwinkerte mir zu. »Ach ja: Montiert wieder eure Manöverpatronengeräte an den Waffen. Die Unteroffiziere kontrollieren mir das; ich will keine Unfälle riskieren. Und leert die Leichensäcke. Ihr werdet die Klamotten, die ihr zum Ausstopfen verwendet habt, sicher noch brauchen. Die Ausrüstung der Amis geht mit den Gefangenen mit zur Sammelstelle. Vorwärts Männer, macht hin; wir haben keine Zeit zu verlieren!«

Der amerikanische Lieutenant blickte zunächst völlig baff drein, dann dämmerte ihm langsam, dass er doch einem gewaltigen Bluff aufgesessen war. Es brodelte in ihm, ehe er Schneider hasserfüllt anfauchte: »You son of a frigging bitch, fuck you! You bastard! You fucking cracker!«

»Tut mir wirklich leid, dass ich Sie so hinters Licht führen musste, aber wir brauchten diese Informationen dringend von Ihnen«, erwiderte Schneider unschuldig. Daraufhin schlenderte er die Karte studierend zurück zum Wachgebäude. Ich folgte ihm wie betäubt, aber dennoch auch erleichtert, war mir doch ein gewaltiger Stein vom Herzen gefallen, als sich das Ganze als Täuschungsmanöver herausgestellt hatte. Allerdings hatte ich nun Redebedarf mit dem Hauptmann …

In der Wachstube angekommen, sprach ich ihn unvermittelt an: »Hätten Sie mich nicht einweihen können? Herr Hauptmann, ich habe fast einen Herzinfarkt bekommen!«

Schneider musterte mich mitfühlend. »Tut mir leid, Wolfangel, aber ich brauchte Ihre ehrliche Reaktion auf mein absurdes Handeln, damit die Amis mir den Bluff auch abkaufen. Ich denke, Sie wissen, dass ich so etwas niemals tun würde. Wir kennen uns ja gut genug, oder?«

»Ja, stimmt schon. Gerade deshalb hat mich die Aktion so erschrocken. Ich dachte, ich bin im falschen Film.«

»Das war meine Absicht dahinter, Hauptfeldwebel. Ich wollte eine alternative Realität für die Amerikaner erschaffen, wo es glaubhaft erscheint, dass wir Gefangene erschießen. Das ist bei unseren Freunden aus den Vereinigten Staaten gar nicht so schwierig zu erreichen, da Hollywood gerne das Feindbild vom bösen Deutschen bedient. Die denken doch, wir würden alle Lederhosen tragen, Bier trinken und Bratwurst mit Kartoffeln und Sauerkraut essen, während wir unsere Feinde grausam zu Tode foltern. Solche Vorurteile habe ich zu nutzen versucht.

Die meisten Amerikaner mögen es intellektuell eigentlich besser wissen, doch die Vorurteile über uns spuken ihnen einfach im Hinterkopf herum. Man muss sie nur nach vorne holen! Darum haben sie uns, insbesondere mir, jede Grausamkeit zugetraut, nachdem ich die richtige Umgebung geschaffen habe: eine halbwegs glaubhafte Hintergrundgeschichte, ein paar Requisiten, ein paar Schüsse mit Übungsmunition und schließlich Ihre entrüstete Reaktion. Da war die Illusion perfekt.«

»Verstehe. Sie haben die bestehenden Vorurteile als Werkzeug eingesetzt.« Nun begann sich ein bewunderndes Grinsen auf meinen Lippen auszubreiten.

»Richtig, und die Aktion war ein voller Erfolg, auch wenn ich vielleicht später noch einen auf den Deckel bekommen werde von unseren hohen Herren. Fakt ist aber, dass wir wertvolle Informationen gesammelt haben. Unsere Freunde da draußen mit den weißen Armbinden fragen sich bestimmt schon, wie wir an die Informationen rangekommen sind.«

Schneider deutete dabei mit dem Arm in Richtung des Fensters der Wachstube, vor dem zwei Schiedsrichter des Manövers heftig diskutierten.

Ich hatte die ständig anwesenden Beobachter schon fast vergessen, hielten sie sich doch immer im Hintergrund und fertigten fleißig Notizen an. Nur, wenn es zu Streitigkeiten über die Wirkung von eingesetzten Mitteln und deren Ergebnisse kam, war ihre Expertise gefragt und sie mussten entscheiden, wer im Recht war.

Das Schlitzohr Schneider jedenfalls hatte die beiden in der Anlage anwesenden Schiedsrichter, während er das Verhör hatte vorbereiten lassen, in einem nahen Gasthaus auf seine Kosten zu Mittag speisen lassen. Ihrem Fahrer – einer von Schneiders Soldaten – hatte er dabei den Auftrag erteilt, sie durch Umwege möglichst lange fernzuhalten. So waren die Schiedsrichter nun etwas ratlos über das, was sich in ihrer Abwesenheit zugetragen hatte.

Sie meldeten natürlich alle besonderen Vorkommnisse der Manöverleitung und man würde früher oder später vermutlich Fragen stellen; das war Schneider bewusst. Er baute aber auch darauf, dass die Schiedsrichter in einem Dilemma steckten, da sie ja zugeben müssten, sich unerlaubterweise vom Manöver entfernt zu haben, um in einem Restaurant zu dinieren.

Schneider sagte daher: »Keine Sorge, wenn was kommt, nehme ich das selbstredend auf meine Kappe. Aber ich denke nicht, dass das passieren wird, da es zum Ausbildungsinhalt der Ranger gehört, Verhören aller Art zu widerstehen. Das wir einen ihrer Goldjungs zum Plaudern gebracht haben, werden die Amerikaner gewiss nicht an die große Glocke hängen wollen.« In Schneiders Augen funkelte etwas auf. »Ich selbst kam auch schon in den Genuss einer solchen Behandlung bei den Amerikanern, als ich im Zuge eines Austauschprogramms am Dschungelkampftraining in den Sümpfen Louisianas teilnehmen durfte. Die Ausbilder dort waren größtenteils Veteranen des Vietnamkrieges und demonstrierten uns aktiv, wie Verhöre ablaufen würden, sollte man uns gefangen nehmen. Ich kam da mit etlichen Blessuren und ein paar gebrochenen Rippen raus; gestört hat das niemanden. Da werden die sich sicherlich nicht über meine Simulation eines Verhörs beschweren. Körperlich verletzt haben wir ohnehin niemanden.« Schneider sah mich herausfordernd an. »Der General hat es selbst gesagt; er will Ergebnisse um jeden Preis.«

»Hatten sie wirklich eine scharfe Patrone in Ihrer Pistole, Herr Hauptmann?«, fragte ich besorgt.

Schneider zog eine Augenbraue nach oben und antwortete: »Natürlich nicht. Sie wissen doch, dass wir keine Gefechtsmunition ins Manöver mitnehmen. Das waren präparierte Patronen ohne Ladung und mit leerem Zündhütchen – optisch von einer scharfen Patrone nicht zu unterscheiden, was ja auch den gewünschten Effekt zeitigte. Da konnte wirklich nichts passieren. Ich verstehe, dass sie das Ganze beunruhigt, aber sie müssen begreifen, dass Jagdkampf auch immer etwas mit Hinterhältigkeit, Verschlagenheit und Tricksen zu tun hat. Man täuscht, schockt und übertölpelt den Gegner. Die Amis waren jedenfalls nie in Gefahr. Alles lief nach Plan.

Hätte der US-Leutnant falsche Angaben gemacht, wäre das ein Problem geworden, aber seine Eintragungen in die Karte decken sich mit den von uns beobachteten Absetzpunkten sowie mit Sichtungen aus der Bevölkerung, die unsere Feldjäger ermitteln konnten. Ich bin daher zuversichtlich, jetzt ihre nächsten Schritte vorhersagen zu können. Jetzt gilt es, ohne Verzug zu handeln. Rufen Sie bitte die anderen Einheitenführer her, wir müssen das weitere Vorgehen besprechen, und zwar Pronto!«

»Jawohl, Herr Hauptmann.«

Ich lief los, doch schwirrte mir noch immer ein wenig der Kopf.

Wenig später hatten sich alle betreffenden Unterführer in der kleinen Wachstube eingefunden. Schneider eröffnete die Besprechung und führte seine weiteren Pläne aus: »Meine Herren, aus den mir vorliegenden Daten lässt sich das nächste Ziel der Special Forces ableiten. Es ist diese Sendeanlage auf einer ›Heimberg‹ genannten Anhöhe oberhalb der Ortschaft Althengstett im östlichen Nordschwarzwald. Weitere Ziele sind vermutlich ein weiter westlich gelegenes Tank- und Nachschublager für den dort vorgesehenen Behelfsflugplatz an der Autobahn A8 zwischen Leonberg und Karlsruhe sowie ein Munitionsdepot im Wald zwischen Perouse und Malmsheim. In der Nähe befindet sich auch ein Nachschublager der Pioniere und ein Flugfeld für den SAR-Rettungsdienst der Bundeswehr.«

Schneider ließ das Gesagte einen Augenblick lang wirken. »Das sind alles relativ einfache Ziele für die Green Berets. Über die genaue Reihenfolge bin ich mir noch nicht ganz im Klaren, glaube aber, die Sendeanlage wird ihr erstes Ziel sein. Wir verlegen also umgehend dorthin und sichern die Anlage; im Anschluss nehmen wir uns systematisch die Umgebung vor.

Wolfangel, Sie und Ihre Jäger bleiben bei mir. Meine MG-Trupps verlegen zum Sammelpunkt meiner übrigen Fallschirmer, lassen sich aufnehmen und erreichen Heimberg geschlossen mit dem Rest der Kompanie in Marschkolonne.« Schneider schlugen entschlossene Blicke entgegen.

»Die Kradmelder fahren wieder voraus und sichern die Anlage bis zu unserem Eintreffen. Ich fordere zudem unsere Helikopterunterstützung an,

damit wir uns auch aus der Luft ein Bild von der Lage vor Ort machen
können.

Feldwebel Binder, Ihre Feldjäger sollen in Althengstett und Umgebung
ausschwärmen und wieder die Zivilbevölkerung befragen. Setzen sie eine
Belohnung von 100 DM für relevante Informationen aus, die zur Ergrei-
fung der Partisanen führen.« Schneider genoss sichtlich die verwunderten
Blicke, ehe er verkündete: »Ich zahle das aus eigener Tasche.

Befragen Sie vor allem die Landwirte, und falls Sie mit lokalen Jägern
beziehungsweise Waidmännern in Kontakt treten können, wäre das sicherlich eine hervorragende Hilfe. Jede noch so irrelevant erscheinende Be-
obachtung kann sich als immanent wichtig erweisen. Schicken Sie auch ein
paar Leute zu dem vermuteten Absetzpunkt der anderen Partisanengruppe,
den wir ja jetzt kennen dank unseres Freundes von den US-Rangern.«

Gedämpftes Kichern erfüllte den Raum.

»Hauptfeldwebel Wolfangel, wenn Sie Ihre Jäger aus der Sicherung ziehen, lassen Sie die Wachmannschaft wieder hier übernehmen.

Fragen? Keine? Gut, dann los, Männer, die Zeit drängt. Wegtreten!«

Ein vielstimmiges, »Jawohl, Herr Hauptmann«, erfüllte die kleine Wachstube, dann machten sich alle ans Werk. Wenig später warteten meine Jäger
abmarschbereit auf den Lastwagen und TPz Fuchs-Panzern; die Maschi-
nengewehrschützen der Fallschirmjäger hatten längst zum Sammelpunkt
verlegt und dürften bereits auf dem Marsch in Richtung Althengstett sein.
Die Kradmelder waren unmittelbar nach der Besprechung in Richtung
Heimberg losgerast und müssten ebenfalls bald dort eintreffen.

Den Hubschrauber hatte Schneider auch schon in Marsch gesetzt, so
dass praktisch unser gesamtes Jagdkommando dem Heimberg und Althengstett zuströmte.

Schneider trat aus dem Wachhaus, wechselte noch ein paar Worte mit
dem Wachhabenden der Wachmannschaft, der enorm erleichtert schien,
dass der ganze Trubel um seine Anlage nun ein Ende fand, und kam dann
zu mir in den führenden Radpanzer. Nur Augenblicke später befanden wir
uns auf dem Verlegungsmarsch in den nahen Schwarzwald.

Die Überprüfung des Munitionsdepots

Auf der Fahrt waren meine Männer bester Stimmung – wir hatten unseren Auftrag schließlich schon zur Hälfte erfüllt und der Magen war mit den prächtigen Gaben von Hauptmann Schneider gefüllt, entsprechend heiter war die Laune. Daher verwunderte es mich nicht, dass einer der MG-Schützen, Heiner Wurz, seine Scheu vor dem fremden Offizier verlor und ihn ansprach.

Wurz, aus dem Allgäu stammend, war ein Bär von einem Mann mit einer Körpergröße von nahezu zwei Meter und gigantischen Pranken. Vor seiner Karriere als Zeitsoldat war er passenderweise Holzfäller gewesen.

»Herr Hauptmann«, sagte also Wurz laut genug, um das Motorengeräusch zu übertönen, »woher konnten Sie wissen, was die Amis tun würden?« Sein Gesichtsausdruck verriet seine ehrliche Neugier.

Schneider lächelte wissend, und dann verriet er, dass das Verteidigungsministerium ihn schon öfter damit betraut habe, die Sicherheit militärischer Anlagen zu testen. Die Entscheidungsträger griffen für derlei Aufgaben gerne auf Jagdkommandoführer zurück, da sie qua ihrer Spezialausbildung für einen Angriff auf genau solche Einrichtungen prädestiniert waren. Dazu fiel mir direkt wieder eine Geschichte ein, die Schneider damals, als er noch mein Zugführer gewesen war, mal bei einer Flasche Bier mit mir geteilt hatte:

Schneider hatte damals den Auftrag erhalten, ein Munitionsdepot der Bundeswehr im Bayrischen Wald nahe der tschechoslowakischen Grenze zu überprüfen. Zu diesem Zweck sollte er unerkannt in die Anlage eindringen und die Panzertüren der Erdbunker mit einem weißen Kreidekreuz als vernichtet kennzeichnen.

Zu diesem Zweck näherte er sich der Anlage bei Nacht durch einen dichten Wald, der das nur über einen schmalen Waldweg erreichbare Ziel vollständig umschloss. Die gesamte Anlage glich einer kleinen Waldlichtung mit grasbewachsenen Hügeln – Erdbunker –, die aus der Luft kaum auszumachen waren. Selbst die Wege zwischen den Bunkern waren überwuchert. Ein einfacher, rund zwei Meter hoher Maschendrahtzaun, am oberen Ende mit Y-Halterungen für Nato-Klingendraht versehen, umfriedete die Anlage.

Das Gestrüpp des Waldes war an zahlreichen Stellen bereits bis zum Zaun vorgedrungen und verwuchs in dessen Maschen. Beleuchtung gab es praktisch keine, lediglich vor dem kleinen Wachhaus stand eine einsame Laterne, die den Zugang, ein einfaches Maschendrahttor, schwach erhellte. Um sein Ziel besser auskundschaften zu können, bestieg Schneider einen Laubbaum mit direkter Sicht auf die gesamte Anlage. Er spannte eine Hängematte zwischen zwei dicke Äste und machte es sich darin gemütlich. Zur Tarnung brachte er ein Tarnnetz über seiner Position an, das sich mit den Zweigen und Blättern zu einem unauffälligen Sichtschutz vereinigte. Nun konnte er alle Vorgänge innerhalb der Anlage aus seinem gemütlichen Versteck heraus verfolgen: Streifenwege, die Zeit, die die Wachen für eine Runde benötigten, Zeiten der Schichtwechsel und einiges mehr. Eigenarten und Marotten einiger Soldaten blieben ihm dabei auch nicht verborgen.

Er beobachtete drei volle Tage und Nächte lang das Munitionslager, bis sich ein Plan in seinem Kopf zu manifestieren begann.

In der folgenden Nacht würde er zuschlagen. Den Tag über ruhte sich Schneider in seiner luftigen Stellung aus, bis sich die Dunkelheit wie ein Schleier über den Wald und die Anlage legte.

Nun war seine Zeit gekommen. Leise verließ Schneider seine erhöhte Aussichtsposition und kletterte von dem Baum hinab auf den weichen

Walduntergrund. Nun arbeitete er sich vorsichtig an den Zaun der Anlage heran und ging in einem nahen Gestrüpp in Lauerstellung. Als die Streife im Inneren ihre Runde drehte, notierte er sich in Gedanken, um welchen Soldaten aus der Wachmannschaft es sich handelte. Dieser besaß nämlich eine Angewohnheit, die Schneider auszunutzen gedachte: Jener Soldat legte auf jeder Streifenrunde an der Stelle, die am weitesten vom Tor und vom Wachhaus entfernt lag, eine Raucherpause ein. Hastig paffte er dann seinen Glimmstängel.

Als besagter Soldat seine Runde lief, konnte Schneider sehr genau abschätzen, wie viel Zeit ihm blieb, um den Zaun zu überwinden. So begann er sein Werk, als die Wache außer Sicht war. Er schnitt mit einer Drahtschere an einer stark mit Pflanzen verwachsenen Stelle eine Lücke in den Zaun und zwängte sich hindurch. Auf der Innenseite kaschierte er die Lücke mit losen Pflanzenteilen. Er merkte sich die Position und lief dann geduckt zwischen die grasbewachsenen Hügel der Lagerbunker. Als die Wache auf ihrer Runde nun auf der gegenüberliegenden Seite der Bunker wieder auftauchte, duckte sich Schneider tief ins hohe Gras, um nicht doch noch entdeckt zu werden. Obwohl es eine helle Mondnacht war, erleichterte die starke Bewölkung Schneiders Vorhaben. Es war demnach stockdunkel in der Anlage.

Schneider wusste bereits, dass ihm nun etwas Zeit blieb, ehe sich die nächste Streife auf den Weg machte. Dennoch beeilte er sich. Er nahm ein Stück weiße Kreide aus der Oberschenkeltasche seines Kampfanzuges und kennzeichnete die Bunkertür, die ihm am nächsten war, mit einem großen Kreuz und dem Wort »ZERSTÖRT«. Er wiederholte den Vorgang bei den anderen fünf Bunkertüren und zog sich dann schleunigst aus der Anlage zurück. Nach dem Verlassen des umzäunten Bereiches tarnte er den Spalt erneut mit Pflanzenresten und Gestrüpp.

Eilfertig barg Schneider seine Ausrüstung und verließ das Gebiet dann. Am nächsten Tag kehrte er mit einer Delegation hoher Offiziere und Vertreter des Verteidigungsministeriums zurück, um die Reorganisation der Sicherheitsmaßnahmen zu besprechen.

Die Wachmannschaft zeigte sich verständlicherweise geknickt und wirkte wenig erfreut über den Besuch … sowohl über den nächtlichen als auch über den durch die hohen Tiere.

Schneider führte die Offiziere und Bürokraten durch die Anlage und erläuterte, wie er vorgegangen war. Im Anschluss schlug er einige Maßnahmen zur Verbesserung der Sicherheit vor. So sollte die Beleuchtung erweitert werden und künftig die Streifenwege und beide Seiten des

Umgrenzungszaunes hell ausleuchten. Der Pflanzenbewuchs am Zaun sollte entfernt werden – und auch entfernt bleiben – sowie eine Schneise von zehn Meter bis zum Waldrand geschlagen werden, um eine verdeckte Annäherung durch Unbefugte zu erschweren. Auf der Innenseite des Maschendrahtzaunes sollten am Fuß des Zaunes Rollen mit Klingenstacheldraht ausgelegt werden, was das Eindringen deutlich erschweren würde. Der Grasbewuchs auf den Freiflächen und den Bunkern sollte häufiger gekürzt werden, um Deckungsmöglichkeiten zu reduzieren. Ebenfalls beleuchtet werden mussten die Bunkerzugänge, die zusätzlich mit Kameras gesichert werden sollten, deren Monitore im Wachhaus zu installieren waren. Die Streifenwege und -schichten sollten von nun an keinem festen Muster mehr folgen; zudem sollte die Mannschaft darin unterwiesen werden, individuelle Marotten im Streifendienst möglichst zu unterdrücken. Mindestens einmal pro Schicht sollte der Zaun auf seine Unversehrtheit geprüft werden. Zudem sollten die Wachsoldaten in Zukunft zu zweit auf Streife gehen.

Die von Schneider vorgeschlagenen Maßnahmen wurden nahezu ohne Ausnahme übernommen, auch für andere Munitionsdepots der Bundeswehr. Bei einer weiteren Überprüfung an einem vergleichbaren Standort zwei Jahre später wurde der Tester gefasst. Die verbesserten Sicherheitsmaßnahmen hatten gegriffen. Die immer wieder von Spezialisten durchgeführten Überprüfungen von Sicherheitsmaßnahmen waren allerdings eine gefährliche Angelegenheit, da die Wachmannschaften vorher nicht informiert wurden und scharfe Munition in ihren Waffen führten.

Es gab auch mehr als einmal brenzlige Situationen, sogar mit Verletzten; es kam aber glücklicherweise nie jemand ums Leben. Ich kannte diese und einige andere Geschichten von Schneider jedenfalls schon.

»Es ist im Grunde möglich, das Verhalten des Gegners vorherzusehen«, erklärte Schneider etwas gönnerhaft. »Es läuft eigentlich immer auf dieselben vorhersehbaren Verhaltensweisen hinaus. Ich bin selbst ähnlich ausgebildet wie die Special Forces, mit denen wir es nun zu tun haben, was mir dabei hilft, ihre nächsten Schritte zu erahnen. Das ist aber natürlich keine Garantie. Ein gewitzter Führer auf der anderen Seite oder Fehleinschätzungen meinerseits können uns schnell in die Bredouille bringen. Daher müssen wir alle wachsam bleiben.«

Schneider schlug Wurz gegen die Schulter.

»Der Jagdkampf ist die Königsdisziplin des Infanteriegefechts. Halten Sie sich an meine Anweisungen, dann werden Sie eine Menge lernen.« Der

Hauptmann lachte schallend auf, womit er spielend das Brummen des Panzermotors übertönte.

Ziel des Jagdkampfes, einer speziellen Gefechtsart der Infanterie, war es, den Feind durch ständige Überraschungsangriffe abnutzen, zu stören, zu täuschen und zu verstärkten Sicherungsmaßnahmen in seinem rückwärtigen Gebiet zu zwingen. Im Jagdkampf eingesetzte Kräfte drangen tief ins Hinterland der Front ein und banden dort ein Vielfaches ihrer eigenen Stärke.

Schon, als die ersten ständig stehenden Heere in Europa aufgestellt wurden, führten berittene Freischärler und andere irreguläre Reitertruppen wie die kroatischen Panduren oder Husaren den Kampf im rückwärtigen Raum des Feindes. Dies wurde als »kleiner Krieg« bezeichnet, und gelungene Kommandoaktionen wurden nicht umsonst »Husarenstück« genannt.

Die Amerikaner setzten den Jagdkampf erfolgreich im Siebenjährigen Krieg ein. Zu Berühmtheit gelangte dabei Robert Rogers mit seinem Ranger Company of Blanchard's New Hampshire Regiment. Sein Handbuch »Plan of Disciplin« legte den Grundstein für die reglementierte Ausbildung der Soldaten, welche die Grundvoraussetzung für die weitere Ausbildung im Jagdkampf darstellte.

Deutscherseits galten Hauptmann Johann von Ewalds Schriftstücke über den kleinen Krieg als wichtige Grundlage für den Jagdkampf. Von Ewald gehörte dem Hessen-kasselischen Feldjägerkorps an, das auf britischer Seite im amerikanischen Unabhängigkeitskrieg focht.

Im Deutsch-Französischen Krieg und in beiden Weltkriegen setzten die deutschen Truppen Jagdkommandos ein und machten auch Erfahrungen mit gegnerischen Jagdkommandos. Der Kampf gegen Partisanen in Ost und West während des Zweiten Weltkriegs forderte auf beiden Seiten zahllose Todesopfer.

Jagdkommandos eigneten sich überdies hervorragend für die gewaltsame Aufklärung. Man konnte Partisanen bis in ihre Schlupfwinkel verfolgen und ihren Nachschub wirksam unterbinden. Im Prinzip wendete man die Kampfweise der Partisanen damit gegen sie an.

Nach Kriegsende behielt der Jagdkampf in Deutschland seine Bedeutung. Schon der Bundesgrenzschutz und die Bereitschaftspolizei der Länder waren seit dem Jahr 1950 und bis in die 1970er Jahre für die Abwehr von Sabotagetrupps und den Bandenkampf im Falle eines Krieges oder einer Spannungslage vorgesehen.

Ab 1965 wurde auch die Heimatschutztruppe der Bundeswehr in diese Aufgaben einbezogen. Hierbei sollte sie primär wichtige zivile und

militärische Objekte schützen und feindlichen Luftlandeoperationen ent-
gegenwirken. Dazu sollten alle beteiligten Organisationen in der Lage sein,
Jagdkommandos zu bilden. Gegenwärtig war der Jagdkampf ein entschei-
dendes Element in der modernen Kriegführung.

Der MG-Schütze Wurz forschte einen Augenblick schweigend in
Schneiders eisenharten Gesichtszüge. Wer den wortkargen Hünen kannte,
wusste, dass er beeindruckt war.

»Donnerwetter«, ließ sich Wurz schließlich vernehmen.

»Unsere Chancen stehen jedenfalls nicht schlecht, diese Special Forces-
Partisanen auszuschalten«, ergänzte Schneider. »Wir dürfen sie aber keines-
falls unterschätzen. Dennoch: Wir verfügen über eine verstärkte Kompanie
und zusätzliche mobile Kräfte und haben die Hälfte der Feindkräfte bereits
ausgeschaltet. Es besteht also durchaus Anlass zur Zuversicht, mein Bester.«

Wurz nickte zustimmend und beschäftigte sich dann mit seinen eigenen
Gedanken. Seine Kameraden zogen ihn gerne mit Bezeichnungen wie
»Waldschrat« und »Hinterwäldler« auf, weil er manchmal etwas länger für
das Verarbeiten neuer Informationen brauchte. Er war aber ein vorbildli-
cher Soldat und beherrschte sein MG3 so virtuos wie ein Maler seinen Pin-
sel. Schneider indes vertiefte sich wieder in sein Kartenmaterial.

Die Sendeanlage

Wenig später erreichten wir die Sendeanlage, die auf einem bewaldeten Berg über dem Ort Althengstett thronte. Sie bestand im Wesentlichen aus einem kleinen Gebäude mit Stahltüren und einem riesigen Sendemast. Ein stacheldrahtbewehrter Maschendrahtzaun umgab das Gelände, wobei das Gebäude gleichzeitig als Zugangspforte fungierte.

Unsere Fahrzeuge rollten über die schmale Zufahrtsstraße durch einen Wald auf den höchsten Punkt der Anhöhe zu. Rumpelnd kamen wir zum Stehen; die Reifen wirbelten das Split des Parkplatzes auf. Sogleich saßen meine Jäger ab und legten eine Rundumsicherung aus. In der Zwischenzeit hatten die Fallschirmjäger die stark bewaldete Anhöhe am Fuße umstellt und schickten sich an, von allen Seiten gleichzeitig in Richtung Anlage vorzurücken.

Auch Schneider sprang ohne Verzug aus dem Laderaum des Radpanzers und strebte dem Eingang der Sendeanlage zu. Dort erwartete ihn eine zweiköpfige Abordnung der Kradmelder, die reichlich betreten dreinblickte. Sie standen vor der Stahltür, die den Haupteingang der Anlage bildete, und nun mit einem weißen Kreidekreuz und dem Wort »DE-STROYED« verziert war. Schneider besah sich die Bescherung und auch die Umgebung des Zuganges eingehend, bevor er sich den Kradmeldern zuwandte.

»Also … was war hier los?«

Einer der reumütigen Männer erwiderte: »Wir haben das schon so vorgefunden, als wir hier ankamen. Weit und breit war niemand zu sehen.«

»Schon gut, ihr könnt nichts dafür, Männer. Die waren wahrscheinlich schon lange weg, bevor ihr hier angekommen seid. – Wart ihr mit euren Maschinen hier am Zaun?«

»Nein, Herr Hauptmann, wir haben sie da drüben am Rand des Waldes abgestellt und uns zu Fuß genähert«, erwiderte der zweite Kradmelder.

»Das dachte ich mir schon«, sagte Schneider nur und widmete seine Aufmerksamkeit nun dem Funker meines Zuges, der stets in seiner Nähe blieb.

»Holen sie den Binder ans Funkgerät und fragen Sie nach, ob seine Feldjäger den zweiten Absetzpunkt aufgespürt haben. Danach umgehend Meldung an mich!«

Der Funker bestätigte und machte sich sogleich ans Werk.

Schneider indes tigerte vor der Anlage unruhig umher und rieb sich nachdenklich das Kinn. Er wirkte abwesend; niemand von uns wagte es, ihn bei seinen Überlegungen zu stören. Schließlich eilte der Funker herbei. Als er Schneider sah, erstarrte er und meldete mir schließlich: »Herr Hauptfeldwebel, die Feldjäger haben die Absetzstelle der Amis gefunden. Sie melden seltsame Lufttransportpaletten, zu klein für Jeeps oder ähnliche Fahrzeuge, und Reifenspuren, aber zu schmal für Krakas.«

Krakas waren kleine, luftverlastbare Fahrzeuge, die auch die Bundeswehr in der Version Kraka Typ 640 unter anderem bei den schweren Kompanien der Fallschirmjäger verwendete. Die Amerikaner hatten bereits im Vietnamkrieg vergleichbare Fahrzeuge eingesetzt, gelegentlich sogar mit rückstoßfreiem Geschütz des Typs M40 ausgerüstet. Heutzutage waren die amerikanischen Kraftkarren häufig mit BGM-71E TOW-2A-Panzerabwehrlenkwaffen ausgerüstet – jedenfalls nichts, was man gerne in seinem Hinterland herumfahren sah.

Schneider horchte auf und war wieder zurück im Hier und Jetzt. Er strich sich über das Ohrläppchen und sagte: »Das sind auch keine Jeeps oder Krakas! Ich habe schon davon gehört, aber nie welche gesehen – das sind Kampfgeländemotorräder, extra angefertigt für die Spezialkräfte der Amerikaner. Es handelt sich im Grunde um normale Motocross-Maschinen, in Tarnfarben lackiert und mit größeren Treibstofftanks versehen, die wie Flugzeugtanks selbstabdichtend sind, dazu ausgerüstet mit Halterungen für leichte Panzerabwehrwaffen, Munitionskisten und Gewehrtaschen.«

Schneider grinste, und ich atmete innerlich auf. Für einen kurzen Augenblick hatte ich doch tatsächlich geglaubt, der Hauptmann wäre überfragt. Doch nicht Schneider … Schneider war mit allen Wassern gewaschen.

»Gerüchten zufolge soll es auch eine Version mit montierten 40-mm-Granatwerferrohren geben. Die schmalen Radspuren hier vor der Anlage und am Absetzpunkt deuten jedenfalls auf diese speziellen Motorräder hin. Auch waren die Kerle schneller hier, als sie es zu Fuß jemals hätten schaffen können. Das bedeutet für uns vor allem: Die Uhr tickt!«

Schneider trommelte eiligst seine Unterführer zusammen. Wir bildeten einen Halbkreis um ihn und waren schon gespannt auf seinen nächsten Schachzug.

»Alles aufsitzen! Wir fahren ohne Verzug zum Befehlsflugplatz an der Autobahn. Beordert unseren Heli zum Fuße der Anhöhe. Wolfangel!«

»Hier, Herr Hauptmann!«, rief ich ergriffen und straffte ganz automatisch meinen Oberleib.

»Stellen Sie einen schlagkräftigen Trupp aus ihren besten Männern zusammen und sammeln Sie mit ihnen am Fuße der Anhöhe – dort, wo der Hubschrauber runtergeht. Sie sind auch dabei, ja? Wir verlegen per Lufttransport mit dem Hubschrauber – der Rest kommt per Fahrzeug nach!

Los, los, los, bewegt euch. Die Amis haben einen gewaltigen Vorsprung!«

Sofort brach hektische Aktivität aus. Ich entschied mich für jenen Trupp, der zusammen mit Schneider und mir im Fuchs hierhergefahren war und dem auch der MG-Schütze Wurz angehörte. Im Laufschritt hetzten wir die Zufahrtsstraße hinunter zum Fuße der Anhöhe, während die Fahrzeuge bereits an uns vorbeipolterten.

Als wir schnaufend die Straße überquerten, setzte auch schon der Teppichklopfer auf dem angrenzenden Feld auf und blieb mit laufenden Rotoren stehen. Das würde wieder eine saftige Schadensausgleichszahlung für den Bauern bedeuten. Ich konnte mir sein Grinsen bildlich vorstellen. Die Landwirte liebten die Bundeswehr einfach.

Kaum war der Stahlvogel am Boden, raste Schneider auch schon auf ihn zu, kein bisschen außer Atem von der Rennerei. Er eilte zum Cockpit und hielt dem Piloten eine Karte hin. Inzwischen hatte der Bordmechaniker die Seitentüren geöffnet und winkte uns heran.

Geduckt liefen wir zur Maschine hinüber, um nicht vom laufenden Rotor erwischt zu werden.

Das könne schlimme Dellen im Stahlhelm verursachen, scherzten die Heeresflieger gerne. Der Bordmechaniker deutete auf Wurz und brüllte gegen den Motorenlärm: »Den Goliath muss ich in die Mitte setzen wegen der Gewichtsverteilung.«

Ich nickte nur und brüllte zurück: »Mach, wie du denkst, Kamerad. Hauptsache, es geht schnell!«

Er hob den Daumen, dann taxierte er jeden einzelnen Mann meines Trupps, schätzte sein Gewicht mit der Ausrüstung und verteilte uns entsprechend auf den freien Sitzen des Helikopters. Nur Augenblicke, nachdem der Letzte angeschnallt war, kletterte Schneider in die Kabine.

Mit kundigen Griffen schnallte er sich auf dem freien Sitz gegenüber dem Schiedsrichter fest, der uns auf Schneider Wunsch begleitete. Der

53

Bordmechaniker nickte ihm angesichts des fachkundigen Umgangs mit der Ausrüstung anerkennend zu. Kein Wunder, verlegten Fallschirmjäger doch deutlich öfter per Hubschrauber als wir von der Jägertruppe – bei uns war es eine seltene Ausnahme.

Kaum hatte der Bordmechaniker den beiden Piloten im Cockpit den erhobenen Daumen gezeigt, hoben wir auch schon ab. Die Seitentüren blieben offen, so dass wir einen hervorragenden Blick auf die Landschaft genossen. Schon schwebten wir gen Westen, der Autobahn A8 folgend in Richtung Karlsruhe. Unter uns zogen Ströme von Fahrzeugen aller Art vorbei, von denen einige schon ihr Abblendlicht eingeschaltet hatten, und so bildeten sich dort unter uns immer längere Lichterketten. Der erste Manövertag neigte sich seinem Ende entgegen.

Der Autobahnbehelfsflugplatz

Während wir auf unser Ziel zuflogen, machte ich mir Gedanken über die Einrichtung, zu der wir unterwegs waren, und von der viele Deutsche nicht einmal ahnten, dass sie existierte – obwohl sie Tag für Tag daran vorbeifuhren oder sogar darüber hinweg.

Bei uns bezeichnete man diese Behelfsflugplätze als Notlandeplatz, kurz NLP. Einige Standorte waren bekannt, andere wurden geheim gehalten.

Jene Behelfsflugplätze waren als Ausweichmöglichkeit gedacht, da die regulären Flugfelder und Flughäfen bei einem Erstschlag des Warschauer Paktes vermutlich zu den ersten Zielen von Angriffen gehören würden.

Ein Autobahnbehelfsflugplatz war durchschnittlich etwa drei Kilometer lang und durch einen ebenen Fahrbahnverlauf ohne Kurven und Überführungen gekennzeichnet. Der Mittelstreifen war meist betoniert beziehungsweise asphaltiert und die Mittelleitplanke konnte problemlos demontiert werden. Somit stand die volle Breite der Autobahntrasse als Start- oder Landebahn zur Verfügung. Hochspannungsleitungen wurden in diesen Bereichen weitläufig außenherum oder unterirdisch verlegt. Gab es Hochspannungsmasten im Umkreis eines Befehlsflugplatzes, waren diese in der Regel auffällig klein und als Luftverkehrshindernis mit einem rot-weißen Anstrich gekennzeichnet.

An beiden Enden eines Autobahnbehelfsflugplatzes war jeweils auf der gegenüberliegenden Straßenseite ein trapezförmiger Parkplatz angelegt, auf dem Flugzeuge abgestellt werden konnten. Die Landeplätze besaßen dazu an mindestens einer Seite eine Anschlussstelle an die Hauptverkehrsadern der Region. Über diese konnte der Verkehr abgeleitet und der Nachschub geregelt werden. Im Verteidigungsfall war ein solcher Behelfsflugplatz binnen weniger Stunden einsatzbereit, da alles vorbereitet war und nur noch aufgebaut werden musste. Ein mobiler Tower, mobiles Radar und mehr wurden in unmittelbarer Nähe vorgehalten.

Auf der A29 auf Höhe des Autobahnkreuzes Ahlhorn wurde der dort bestehende Autobahnbehelfsflugplatz beispielsweise im Rahmen der NATO-Übung »Highway 84« im gleichnamigen Jahr 1984 für 48 Stunden in Betrieb genommen. In dieser Zeit starteten und landeten dort deutsche und US-amerikanische Kampfflugzeuge, unter anderem A-10 Thunderbolt II, bei der Truppe oft nur »Warzenschwein« genannt. Diese seltsamen Flugmaschinen galten als die besten Panzerjäger der NATO. Ihre unter der Nase montierte 30-mm-Gatling-Maschinenkanone Gau-8/A Avenger führte 1.350 Schuss hochexplosive und panzerbrechende Uranmunition mit. Sie vermochte diese mit einer Kadenz von 4.200 Schuss pro Minute zu verschießen!

Die Rückstoßkraft der gewaltigen Waffe betrug 44,5 Kilonewton, was tatsächlich die Schubkraft von einem der Mantelstromtriebwerke der A-10 übertraf. Zusätzlich führte das Flugzeug Bomben und Raketen mit einem

Gesamtgewicht von mehr als 7.000 Kilogramm an elf Außenlaststationen mit sich. Diese Kampfmaschine der Lüfte war in der Lage, ein wahres Höllenfeuer zu entfachen.

Die Soldaten der gepanzerten Kräfte des Warschauer Paktes fürchteten diese Flugzeuge daher ganz besonders!

Bereits im Zweiten Weltkrieg erkannte die militärische Führung des Dritten Reichs den Wert von Autobahnen als Behelfsflugplatz – vor allem, als mit zunehmender Bombardierung Deutschlands mehr und mehr reguläre Flugplätze in Trümmern lagen.

Gerade die zum Ende des Krieges hin entwickelten Strahljäger wie die Messerschmitt Me-262 und Heinkel He-162 profitierten von einer befestigten und ausreichend langen Start- und Landebahn. Genau dies boten die Autobahnen. Zudem lieferten die häufig angrenzenden Waldstücke gute Deckungsmöglichkeiten für die abgestellten Flugzeuge. In der

Bundesrepublik wurden neue Autobahnen dann bereits oft im Zusammenwirken mit dem Militär geplant und umgesetzt.

All das ging mir durch den Kopf, so dass ich aufschreckte, als mich
Schneider anstieß und mit ausgestreckter Hand nach unten aus dem Hubschrauber deutete. Ich sah deutlich eine hell erleuchtete Raststätte mit an-
geschlossener Tankstelle. Das war also unser Ziel.

Unser Teppichklopfer ging auf einer Wiese am Rande der Raststätte runter. Zwischen der Wiese und der Tankstelle erhob sich eine mit

Maschendrahtumzäunung eingefasste Freifläche, auf der Metallplatten in den Boden eingelassen waren. Das hatte ich bereits während des Anfluges und der Landung deutlich erkennen können.

Kaum am Boden, lösten wir die Verschlüsse unserer Gurte und sprangen aus dem Heli.

Umgehend knieten oder legten wir uns im Umkreis hin und sicherten die Landezone nach allen Seiten ab. Der Hubschrauber stieg sofort wieder auf und verschwand, um in Malmsheim aufzutanken. Er sollte dort auf weitere Anweisungen warten. Auf einen Wink von Schneider erhoben wir uns und rückten in lockerer V-Formation mit Schneider an der Spitze gegen die umzäunte Anlage vor. Auf der Wiese erkannte ich nun einige Findlinge herumliegen, die, zu Haufen zusammengelegt, einen Ring um den Zaun herum bildeten. Sie sollten wohl Fahrzeuge davon abhalten, versehentlich oder absichtlich die Umzäunung zu beschädigen. Wir näherten uns langsam, die Waffen schussbereit im Hüftanschlag, aber vom Feind fehlte jede Spur.

Schneider entspannte sich merklich, als wir den Zaun erreichten und keinerlei Kreidemarkierungen zu sehen waren. Der Schiedsrichter schaute sich ebenfalls gründlich um und zuckte schließlich mit den Schultern. Schneider wollte mir gerade seine nächsten Schritte auseinandersetzen, als seine Miene erstarrte, er mich unversehens am Koppeltragegestell packte und zu Boden riss. Noch im Fallen vernahm ich ein *Fop-Fop,* gefolgt von zwei satten Knallgeräuschen. Als ich mich geschockt zur Seite wälzte, sah ich zwei meiner Männer in einer weißen Wolke aus Kalkpulver verschwinden. Schneider war schon wieder auf den Beinen, hatte seine Pistole gezogen und feuerte auf den Waldrand.

Ich brüllte: »Volle Deckung, Feuer erwidern!« Und brachte dabei meine Maschinenpistole MP2 »Uzi« vor. Mit kurzen Feuerstößen leerte ich das

25er-Magazin und lud sofort nach. Vom Waldrand her echote plötzlich ein schnelles *Brrrat-Brrrat-Brrrat* zu uns herüber, dem sich bellende Schussgeräusche anschlossen. Unverkennbar handelte es sich bei Letzterem um AR-15/M-16-Sturmgewehre.

Schneider ließ sich wieder zu Boden fallen.

»Volle Deckung!«, rief er. Dann, an mich gewandt: »Die ballern mit MAC-10-Maschinenpistolen rum … unten bleiben!«

Wieder erklang das *Brrrat-Brrrat-Brrrat* und auch wieder das *Fop-Fop* der 40-mm-Granatwerfer, gefolgt von bellenden Schüssen aus den Kaliber-.223-Sturmgewehren der Amerikaner. Hinter mir hatte sich Wurz mit hassverzerrtem Gesicht aufrecht hingestellt und schoss mit seinem MG3 im Sturmanschlag, das heißt, er verwendete das Zweibein als Vordergriff, während er die zwölf-Kilogramm-schwere Waffe aus der Hüfte abfeuerte. Lange Salven Übungsmunition platzten aus dem Lauf. Das satte *Brrrt-Brrrt-Brrrt* des deutschen Maschinengewehrs dominierte bald die Lärmkulisse des Gefechts.

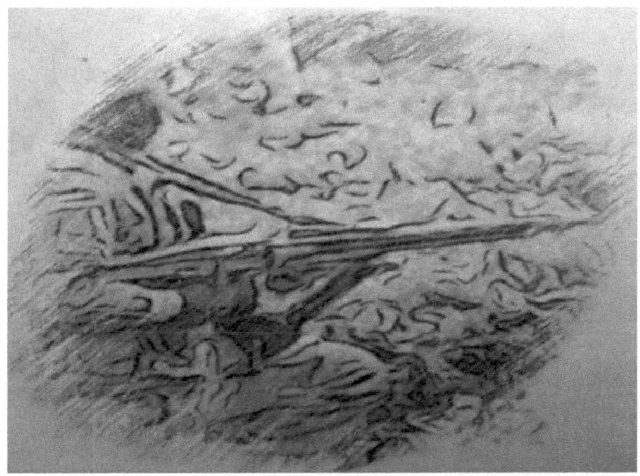

Ich traute meinen Augen nicht, brüllte: »Verfluchte Scheiße, sofort runter, du Hornochse! Runter mit dir oder ich prügle deinen Arsch persönlich zurück ins Allgäu – dämlicher Holzkopf!«

Das schien ihn zu erreichen; zumindest ließ er sich nun fallen und ging am Boden liegend hinter seinem MG3 in Stellung.

Der Rest meines Trupps feuert nur sporadisch mit dem G3 auf den Waldrand. Wir hatten zwei Ausfälle zu verzeichnen und der Schiedsrichter fertigte fleißig Notizen an. Ich nestelte an der Granatpistole herum, fummelte eine Übungsgranate aus meiner kleinen Kampftasche, klappte den Lauf nach unten und lud die Patrone. Dann verriegelte ich den Verschluss und suchte nach einem passenden Ziel. In diesem Augenblick ebbte das Feuer vom Waldrand her ab und Motorengeräusche wurden hörbar.

»Sprung auf, Marsch, Marsch!«, befahl Schneider geistesgegenwärtig. »Sofort nachsetzen; die wollen abhauen!«

Wir rafften uns auf und stürmten, aus allen Rohren feuernd, auf den Waldrand zu. Von dort kam nur noch vereinzeltes Feuer, aber es raste plötzlich ein Motorrad aus dem Forst in Richtung Tankstelle davon.

Instinktiv feuerte ich mit meinem Granatwerfer auf Schemen am Waldrand ab und wurde mit einem Aufschrei belohnt. Ich wechselte zurück zur Uzi und ließ in schnellen Feuerstößen ein ganzes Magazin folgen. Dann stürmte ich, im Laufen das Magazin tauschend, meinen Kameraden hinterher. An der Waldkante angelangt, fanden wir im schwachen Licht, das von der Tankstelle herüberstrahlte, einen US-Amerikaner vor, der mit schmerzverzerrtem Gesicht und laut hustend unter seinem Motorrad lag, das mit ihm umgekippt war. Meine Übungsgranate hatte seine Maschine getroffen und er war vor Schreck mit ihr umgefallen. Der weiße Puder aus der Füllung der Granate reizte nun seine Atemwege. Na ja, hätte ihn eine scharfe Granate getroffen, hätte er sicherlich nicht mehr gehustet …

Der Schiedsrichter trat an Schneider heran und verkündete: »Sie haben zwei Ausfälle, die Feindkräfte vertrieben und einen Gegner ausgeschaltet. Das Treibstofflager ist intakt; Sie haben den Partisanenanschlag also vereitelt!«

Nun wurde mir klar, dass die Metallplatten innerhalb der Umzäunung Abdeckungen von Treibstofflagern für den Notlandeplatz waren. Wirklich clever, man konnte sie völlig unauffällig mit Tankwagen befüllen; ob der Tankstelle direkt daneben würde das niemandem auffällig erscheinen. Und die Raststätte könnte im Notfall als Unterkunft für das Personal dienen.

Schneider nickte und sagte zähneknirschend: »Im Ernstfall wäre das ein teuer erkaufter Erfolg gewesen!« Er wandte sich an unseren Funker. »Fordern Sie ein Fahrzeug an, das uns hier abholt, und Feldjäger, die unseren gefallenen amerikanischen Helden und seine Maschine einsammeln. Der Rest soll sofort umdrehen und das Munitionsdepot im Wald bei Perouse ansteuern. Und bringt mir sämtliche Feldjägerstreifen zwischen hier und Perouse in Stellung!«

Der Hauptmann betrachtete zunächst nachdenklich die Waffe des Amerikaners, ehe er mich mit einem Blick bedachte.

»Sehen Sie mal, Wolfangel, das ist keine Ingram MAC-10, auch als Lieblingsspielzeug der Special Forces bekannt, wie ich zuerst dachte. Das scheint mir eine Ingram MAC-11 zu sein.«

»Woran erkennt man den Unterschied?«, fragte ich neugierig.

»Ganz einfach: am Gehäuse. Das der MAC-10 ist glatt, das der MAC-11 an den Seiten geriffelt. Die Riffelung soll das Gehäuse versteifen und so stabiler machen. Die MAC-10 verschießt unsere 9-mm-Parabellum-Munition, also Kaliber 9 x 19 mm Para, oder alternativ in einer anderen Variante auch die .45ACP-Patrone, die die Amis so lieben. Die MAC-11 hingegen verwendet die Patrone 9-mm-Kurz, ergo Kaliber 9 x 17 mm alias .380ACP.

Diese Munition ist für die Verwendung mit einem Schalldämpfer optimal. Und das passt genau zur verschlagenen Kampfweise der Special Forces. Diese Waffen wurden nicht konzipiert, um präzise zu treffen – das sind eher die reinsten Gießkannen. Sie sind dafür da, um den Gegner in Deckung zu zwingen. Sehr hohe Feuergeschwindigkeit, hohe Magazinkapazität, kompakte leichte Bauweise. Man hält einfach in die gewünschte Richtung, drückt ab und es folgt ein Bleihagel, der sich gewaschen hat. Dann kann man sich in Ruhe geordnet absetzen. Perfekt für Partisanen.«

»Allerdings haben die Amis auch AR15er eingesetzt, schätze ich, wahrscheinlich mit M203-Unterbaugranatwerfer«, versetzte ich.

»Ja, das denke ich auch. Muss eine Variante der AR-15/M-16 sein mit einschiebbarer Schulterstütze und/oder anderer Sonderausstattung. Die Amis sind da stets kreativ.«

In diesem Augenblick trafen unsere Kradmelder ein und sicherten das Treibstoffdepot. Schneider erteilte ihnen die Anweisung, auf eine Feldjägerstreife zu warten, die sie ablösen würde, und danach den anderen Kräften zum Munitionsdepot nachzufolgen. An meinen Trupp gerichtet eröffnete er: »Kommt her, Jungs. Ich lade euch zum Essen ein. Unser guter Schiedsrichter hier bleibt sicher gerne bei unserer amerikanischen Leiche.«

Er grinste den Mann an, der für einen kurzen Moment reichlich unglücklich wirkte.

»Ihr habt gut gekämpft, Männer. Also, mir nach zum Essen fassen! Das ist zwar bloß eine Raststätte, aber besser als EPAs und Hartkekse mit Tubenkäse ist es allemal.«

Johlend nahmen meine Männer unsere beiden gefallenen Helden, die sich inzwischen abgestaubt hatten, in ihre Mitte und fielen in das Restaurant neben der Tankstelle ein. Der Restaurantleiter war dann auch etwas verstört angesichts der schweren Bewaffnung, die seine neuen Gäste mitbrachten. Eine kleine Gabe aus Schneiders Geldbörse stimmte ihn alsbald milde.

Wir speisten fürstlich; es gab Schnitzel mit Kartoffelsalat. Kurz darauf traf unser Gefechtstaxi ein, welches durchaus Eindruck schindete bei den anwesenden Zivilisten. Ein Fuchs-Radpanzer an einer Autobahnraststätte war auch ein ausgesprochen seltener Anblick. Wir bestiegen unseren stählernen Streitwagen und begaben uns auf den Weg nach Perouse. Auf dem Marsch machte sich dann die Aufregung des Tages bemerkbar und wir schliefen ein und schnarchten wie die Bären im Winter. Schon in der Ausbildung hatten wir gelernt, überall und in jeder Lage zu schlafen.

Am nächsten Morgen konnte sich Schneider den Kommentar nicht verkneifen, wir hätten einen ganzen Wald abgeholzt.

Das Munitionsdepot

Schneider wollte den Amis abermals eine Falle stellen. Wir wussten ja, wo sie zuschlagen würden. Aber wie verhindern, dass sie wieder abhauen konnten? Das Munitionsdepot lag in einem Waldgebiet zwischen Perouse und Malmsheim. Schneider äußerte die Vermutung, dass die Special Forces nach der simulierten Sprengung des Lagers den SAR-Hubschrauber in Malmsheim kapern und sich damit absetzen wollten.

Das war plausibel, war doch der Bell UH1-D ein ursprünglich amerikanisches Muster. Auch hatten viele A-Teams der Special Forces Männer mit Pilotenausbildung in ihren Reihen. Während des Vietnamkrieges hatten solche Spezialeinheiten neue Flugzeugmuster der Nordvietnamesen aus sowjetischen Militärhilfslieferungen entführt und in den Süden des Landes geflogen, wo sie untersucht werden konnten. Solche Husarenstücke blieben der Öffentlichkeit meist verborgen – vor allem der Ostblock wollte sich nicht die Blöße geben und behielt es daher lieber für sich, wenn die Amerikaner einige seiner Spielzeuge entwendet hatten.

Wir mussten die Amis also von den Helis fernhalten und dabei auch noch das Depot der Pioniere neben der Basis schützen. Daher postierte Schneider die Hälfte der Fallschirmjäger dort; sie legten eine Perimetersicherung aus. Die andere Hälfte hielt sich auf dem Gelände eines Sportplatzes im angrenzenden Ort in Alarmbereitschaft. Mein Jägerzug zog beim Munitionsdepot unter und machte sich dort möglichst unsichtbar. Dieses Mal bezogen wir unsere Stellungen allerdings außerhalb der Umzäunung. Hier reihte sich nun, gut getarnt, Schützenloch an Schützenloch entlang der des äußeren Zauns, so dass jeder, der sich dem Munitionsdepot näherte, zwangsläufig über eines der Löcher stolpern würde.

An der Hauptzufahrt hatten wir links und rechts des Waldweges zwei MG3 in befestigten Stellungen positioniert. Auf mich und meinen Kommandotrupp – so nannte Schneider die Veteranen vom Treibstoffdepot am Notlandeplatz nun – kam eine besondere Aufgabe zu. Wir sollten unter Schneiders Führung den Amis in den Rücken fallen, wenn sie das Munitionsdepot anzugehen versuchten. Hierzu waren wir am einzigen für Fahrzeuge halbwegs zugänglichen Waldweg in einem Häuschen der örtlichen Grundwasserversorgung eingezogen. Unsere beiden Gefallenen waren derweil in die »Leichenhalle« eingekehrt; dabei handelte es sich um ein Gruppenzelt beim Kommandoposten, wo sie das Ende des Manövers abwarten durften. Die beiden hatten wie Honigkuchenpferde gegrinst, als der VW Iltis-Kübelwagen sie abgeholt hatte, konnten sie doch von nun an auf der faulen Haut liegen. Fortan dürfte für sie bis zum Ende des Manövers die größte Anstrengung darin bestehen, in der Schlange bei der Essensausgabe anzustehen. Die Verpflegung im Kommandoposten war dieser Tage übrigens ein besonderer Genuss, da der zuständige Versorger den Prototypen einer neuen Kärcher-Feldküche testete und zu diesem Zweck die unterschiedlichsten und zudem sehr bekömmliche Speisen zubereiten ließ, unter anderem verschiedene Brotsorten und Brötchen sowie mehrere warme Mahlzeiten pro Tag. Es war ein Schlaraffenland für Leckermäuler.

67

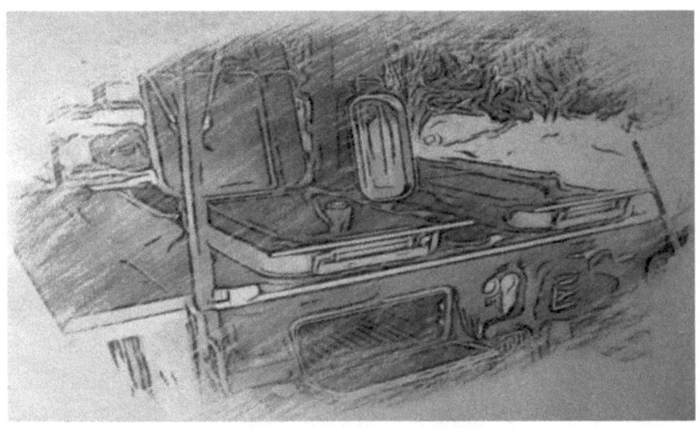

Zwei andere Jäger hatten den Platz der Gefallenen in meinem Kommandotrupp eingenommen – es handelte sich ebenfalls um erfahrene Soldaten. Die Grundfläche des Häuschens reichte gerade so, um uns allen einen Sitzplatz auf dem Boden zu gewähren, wobei eine leicht erhöhte Brunnenabdeckung in der Mitte des Raumes als Tisch diente. Durch das kleine Fenster über der Tür fiel gerade genug Licht ein, so dass wir keine Taschenlampen benötigten.

Wurz fragte Schneider beim Kartenspielen mit zwei Kameraden: »Herr Hauptmann, glauben Sie, wir erwischen dieses Mal alle Amis?«

Schneider, der nachdenklich über seinen Geländekarten grübelte, sah auf, runzelte die Stirn und antwortete dann: »Das ist eigentlich gar nicht unser Ziel.«

»Nicht?« Wurz blinzelte verblüfft.

Schneider setzte zu einer Erklärung an: »Diese Spezialisten der US-Army sind für eine solche Art der Kriegsführung ja ganz besonders gut ausgebildet. Egal, was wir versuchen, sie werden zu kontern wissen. Daher habe ich vor, sie von ihren Fahrzeugen zu trennen, damit sie langsamer werden, und sie dann so lange zu Fuß durch unsere Wälder und Fluren zu hetzen, bis sie zu erschöpft sind, um noch Widerstand leisten zu können. So kriegen wir sie.

Sie aber hier an diesem Ort fassen zu wollen, wird vermutlich nicht klappen. Damit rechnen die Amis außerdem. Also tun wir etwas, was sie nicht kommen sehen. Wir spielen unsere zahlenmäßige Übermacht aus und hetzen sie mit zwei Zügen am Feind Tag und Nacht durch die Botanik. Wer gerade nicht am Feind ist, ruht sich aus oder fasst Essen. So bleiben unsere Männer frisch und der Gegner wird immer müder.«

Wurz überlegte kurz und nickte dann versonnen, während er sich wieder dem Kartenspiel mit den Kameraden zuwandte.

Da wir dicht gedrängt wie die Hühner in einer Legebatterie auf dem Boden saßen, rempelten wir uns andauernd unbeabsichtigt an. Dabei fiel nun eines der G3-Sturmgewehre um, das an der Wand lehnte. Hans Dobler, Wurz' Schütze Zwo, sagte daraufhin zu seinem Sitznachbarn, dem drahtigen Klaus Rieder, dem die Waffe über die Beine gefallen war: »Gib mir bitte mal meinen Karabiner her.«

Rieder blickte Dobler schräg an. »Das ist ein HK G3A3-Sturmgewehr und kein oller Karabiner! Wenn du beim Bund einen Karabiner sehen willst, musst du dich zum Wachbataillon versetzen lassen. Die benutzen die Dinger noch zum Präsentieren bei Staatsbesuchen und so. Mein Opa hatte auch einen dabei, als ihn der Gefreite aus Österreich im letzten Krieg in die Weiten Russlands geschickt hat.«

Dobler verdrehte die Augen. »Du bist wirklich ein Korinthenkacker!«

»Nö. So was ist wichtig; das gehört zu unserer Geschichte und wer die Geschichte nicht kennt, ist dazu verdammt, sie zu wiederholen.«

»Haltet doch mal beide die Klappe!«, fuhr ich verbal dazwischen. Kurz darauf wandte sich Wurz erneut mit einer Frage an Schneider: »Herr Hauptmann, wer hat das mit den Jagdkommandos eigentlich erfunden?«

Schneider runzelte abermals die Stirn. »Das ist gar nicht so einfach zu erklären. Geschichtlich gesehen ist der Kampf gegen überlegene Feindkräfte, die sich im für sie ungünstigen Gelände bewegen oder im rückwärtigen Feindraum, nicht neu. Bereits die Germanen unter Arminius, dem Fürsten der Cherusker, wandten diese Kampfweise im Jahre 9 n. Chr. während der Varusschlacht im größeren Rahmen an, wobei sie drei römische Legionen von Kaiser Augustus vernichteten.«

Schneider kam nun hörbar in Schwung, während er fortfuhr: »In der Bundeswehr wird der Einsatz von Jagdkommandos bei Jägern,

Fallschirmjägern und Gebirgsjägern der Bundeswehr geübt. Unter anderem gehören zu den Ausbildungsinhalten das Sickern durch und hinter die feindlichen Linien, um dann in deren Rücken den Kampf mit Hinterhalten und Handstreichen insbesondere gegen gegnerische Gefechtsstände und Versorgungskolonnen zu führen. Auch das Sprengen von Geländeengstellen wie Straßenverengungen oder Brücken gehört dazu. Diese Einsatzform ist jedenfalls typisch für den Kleinkrieg. Aber das wissen Sie vermutlich ohnehin schon als Jägersoldat, nicht?« Schneider klimperte unschuldig mit den Augenlidern.

»Darüber muss ich erst einmal nachdenken, Herr Hauptmann«, verkündete Wurz, was den Rest von uns bis zu den Ohren grinsen ließ.

Nachdem wir bereits mehr als sechzehn Stunden in unserer Lauerstellung ausgeharrt hatten, keimte in mir der Wunsch, mir die Füße zu vertreten. Genau in diesem Augenblick vernahmen wir draußen leise Stimmen, deren Besitzer sich unserer Position näherten. Wir alle hielten inne – ja, wagten es kaum zu atmen. Wir spitzten die Ohren.

Schneider winkte Wurz zur Tür und gestikulierte mit den Händen, er möge ihm eine Räuberleiter zum Oberlicht über dem Zugang bereiten. Wurz zog seine Handschuhe über und faltete die Hände zu einem Steigbügel, den Schneider sofort nutzte, um vorsichtig hinauszuspähen. Draußen waren nun überdeutlich mehrere Personen zu hören, die offenkundig schwere Arbeiten verrichteten, denn von Zeit zu Zeit erklang ein unterdrücktes Stöhnen. Dann hörten wir, wie Äste knackten und raschelten, gefolgt von einer leisen Unterhaltung auf Englisch, der wir aber nicht folgen konnten, weil nur Wortfetzen zu verstehen waren. Worte wie »Jerrys« und »damned Motherfuckers« erschollen. Ohne den Kontext vermochten wir sie aber nicht einzuordnen. Schneider allerdings schien durchaus mehr des Gesagten zu verstehen als wir mit unserem dürftigen Schulenglisch.

Nachdem eine etwas nachdrücklichere Stimme im Befehlston einige Kommandos erteilt hatte, verstummten sämtliche Geräusche; die Unbekannten entfernten sich offenbar. Schneider wartete noch geraume Zeit, ehe er von seiner Beobachtungsposition herunterstieg und vorsichtig die Tür öffnete. Draußen sah er sich um und gab uns dann einen Wink, ihm möglichst geräuschlos zu folgen. Wir schnappten unsere Ausrüstung und schlichen aus dem kleinen Gebäude. Sofort verteilten wir uns in der Nähe des Häuschens und sicherten nach allen Seiten. Die Amis hatten keinen Posten zurückgelassen – sehr leichtsinnig. Anderseits hatten wir einen ihrer Leute ja bereits ausgeschaltet. Schneider untersuchte die getarnten Motorräder, welche der Gegner unmittelbar neben der Hütte abgestellt hatte. Der

Hauptmann zeigte schließlich die Zähne und bedeutete uns mit Handzeichen, die Tarnung zu entfernen und das fremde Gerät wegzuschaffen. Wir machten uns sofort ans Werk, während Schneider und Wurz die Sicherung übernahmen. Damit waren sechs Geländemaschinen, wie Schneider sie uns beschrieben hatte, in unseren Besitz übergegangen.

»Die sind noch immer zu sechst unterwegs«, bemerkte ich. Schneider nickte gedankenversunken.

»Vielleicht haben sie extra einen ausgebildeten Piloten dabei.«

Wir sahen uns an.

Jeder von uns schnappte sich nun eine der Maschinen und dann schoben wir sie in Richtung Landstraße. Schneider hatte bereits einen Lastwagen angefordert, der unsere Beute aufnehmen und einen Trupp Fallschirmer herbringen würde. Dieser sollte versuchen, die Special Forces zu stellen, wenn sie zurückkehren würden.

Schneider und Wurz sicherten mit schussbereiter Waffe gegen den vermeintlichen Parkplatz der Amerikaner. Kaum hatten wir die Landstraße erreicht, schallten vom Munitionsdepot Schüsse und Schreie herüber. Der Feuerzauber hatte also begonnen; die Amis waren über meine Jäger gestolpert. Diese ließen sich nicht lumpen und boten den US-Partisanen etwas für ihr Geld. Es war nur vereinzelt das schon bekannte schnelle *Brrrat-Brrrat-Brrrat* der Ingram-Maschinenpistolen und das helle Bellen der amerikanischen Sturmgewehre zu vernehmen. Weitaus dichter vereinigten sich die Schussgeräusche unserer MG3-Maschinengewehre und G3-Sturmgewehre zu einer ohrenbetäubenden Kakophonie, gelegentlich unterlegt vom rasanten Tackern einer UZI im Automatikfeuer.

Schon hörten wir in unserem Rücken wuterfüllte Rufe in englischer Sprache. Wir wussten, was wir jetzt zu tun hatten – doch die Fallschirmjägerverstärkung war noch weit weg. Schneider bedeutete uns mit wenigen Gesten, direkt hier, an der Mündung der Zufahrt des Waldweges, Verteidigungspositionen einzunehmen. Wurz legte sich mitten auf dem Weg flach hin und klemmte sich hinter sein MG; der Rest von uns verschanzte sich hinter den Motorrädern, die wir als Deckung nutzten. Schneider hatte sich, auf ein Knie gesunken, hinter Wurz postiert und zielte mit seiner P1-Pistole über diesen hinweg in Richtung der feindlichen Kräfte.

Schon kam eine wild aussehende Truppe, bestehend aus sechs bewaffneten Männern in Tarnkleidung, den Waldweg herangestürmt.

»Feuer frei!«, befahl Schneider. Ich betätigte den Abzug meiner Maschinenpistole. Der Verschluss schnappte nach vorne und ein Feuerstoß verließ die Waffe. Immer wieder drückte ich den Abzug. Wurz feuerte lange Feuerstöße. Er legte ein wahres Sperrfeuer; und der Rest stimmte in dieses Crescendo der Vernichtung mit ein. Die Amerikaner stockten verdutzt ob des Feuers, das ihnen unvermittelt von vorne entgegenschlug, und machten sich dann geistesgegenwärtig seitlich in die Büsche. Schon tauchte eine Abordnung meiner Jäger weiter hinten auf, die den Partisanen nachgesetzt hatten. Wild gestikulierend dirigierte sie Hauptmann Schneider in die Richtung, in welche die Special Forces geflüchtet waren.

Die Hetzjagd beginnt

Der LKW war nur wenige Minuten später eingetroffen, und so schlossen sich die frisch hinzugekommenen Fallschirmer sofort der Partisanenjagd zu Fuß an. Wir hingegen verluden unsere Beute und rückten dann mit Schneider zum nahen SAR-Stützpunkt in Malmsheim ab, wo der Hauptmann kurzerhand eine Befehlsstelle einrichten ließ. Er brachte zudem umgehend die übrigen Männer der beiden Fallschirmjägerzüge in den Einsatz, die, meine Jäger ablösend, quasi die erste Schicht der Hetzjagd übernehmen sollten. Der Auftrag wurde dabei von Schneider klar umrissen: »Fühlung halten, hetzen, aufscheuchen, nicht zur Ruhe kommen lassen, aber keine direkte Konfrontation suchen!«

Alle vier Stunden würden Gruppen der übrigen Einheiten eintreffen und einige Männer des Jagdkommandos ablösen. Die Abgelösten würde zu einer von Schneider eingerichteten Erholungsstelle abrücken, wo sanitäre Einrichtungen, Schlafplätze und warmes Essen auf sie warteten. Der Hauptmann hatte dafür mit wenigen Telefonaten eine Turnhalle in einem nahen Dorf akquirieren können. Der Bürgermeister und die Bürger wussten um den Beitrag der Bundeswehr zur Friedenserhaltung und waren daher gerne behilflich. Oft spendeten örtliche Unternehmen wie Bäckereien, Metzgereien oder Getränkehändler Erfrischungen für die Soldaten im Manöver. Man schätzte die Männer in Oliv, hatten doch die meisten selbst einst ihren Wehrdienst beim Bund abgeleistet oder nahmen Anteil am Dienst des Sohnes.

Meine Jäger sollten weiter das Munitionsdepot und nun auch den SAR-Stützpunkt mit dem danebenliegenden Pionierdepot sichern – eine gewaltige Aufgabe für einen einzelnen Zug und eine gefährliche Ausdünnung meiner Kräfte, doch mussten wir Mut zur Lücke beweisen, wollten wir die Partisanen schnappen. Unseren Kommandotrupp wollte Schneider aber weiter in seiner Nähe wissen – und somit auch mich.

Während der nächsten drei Tage folgten wir dem Hauptmann auf Schritt und Tritt. Wie ein Schäferhund, der seine Schafsherde abzirkelte, war Schneider stetig bei den eingesetzten Einheiten unterwegs. Der Mann schien keinen Schlaf zu kennen, sehr zu unserem Leidwesen.

Diejenigen, die sich auf der Jagd befanden, operierten breit aufgefächert und bildeten so eine Schützenlinie, deren Flanken von Feldjägern und Kradmeldern abgefahren wurden, um zu verhindern das die Amis zur Seite weg ausbüxen würden. So trieben Schneiders Männer die Partisanen Tag und Nacht vor sich her. Oft tauchte der ruhelose Schneider auch im Erholungsquartier auf, schaute nach den Männern, scherzte mit ihnen, erzählte Anekdoten aus seiner Laufbahn und hörte sich an, was die Soldaten unter seinem Befehl zu sagen hatten. Diese dankten es ihm mit einer Einsatzfreude, die ich bislang nur bei wenigen Einheiten zu sehen bekommen hatte.

An einem besonders anstrengenden Tag, an dem die Spätsommersonne erbarmungslos auf uns herniederbrannte, ließ Schneider frisches Eis, das er bei einer Eisdiele in der Nähe bestellt und privat bezahlt hatte, per Heli zu den Männern an der Front fliegen und dort von den Heeresfliegern verteilen. Der Bordmechaniker des Teppichklopfers maulte, dass er es sich nicht habe träumen lassen, mal als fliegender Eisverkäufer zu enden. Er hatte dabei aber auch ein breites Grinsen im Gesicht; er war also nicht wirklich böse über seine etwas unorthodoxe Rolle in dieser Angelegenheit.

Bei einer anderen Gelegenheit lieferte er sogar Pizza für Schneiders Männer und meinte dazu: »Jetzt bin ich auch noch ein fliegender Pizzabote!«

»Na, dann bist du ja steil die Karriereleiter nach oben gefallen!«, erwiderte ich, worauf er mich mit zusammengekniffenen Augen anfunkelte, um kurz darauf ins allgemeine Gelächter einzustimmen. Schneider jedenfalls schien unendliche Energiereserven zu besitzen. Ich musste ein ums andere Mal an das Duracell-Häschen aus der Fernsehwerbung denken. Andererseits bewunderte ich den Hauptmann für seinen Umgang mit den Männern; da konnten sich viele Offiziere eine gewaltige Scheibe von abschneiden! So führte man Menschen, so führte man Soldaten – so ein Vorgesetzter wollte ich auch sein für meine Männer! Ich hegte keinen Zweifel daran, dass die Schneider unterstellten Soldaten ihm auch in die Hölle folgen würden, würde er sie darum bitten.

Weiter ging die Hetzjagd, Tag für Tag, Nacht für Nacht, ohne Unterbrechung fünf volle Manövertage lang. Immer wieder stöberten die deutschen Fallschirmjäger die amerikanische Spezialeinheit auf und scheuchten sie vor sich her. Inzwischen hatte sich ein kleiner Berg erbeuteter Ausrüstung angesammelt – Dinge, die die Amis hatten zurücklassen müssen, wenn es mal wieder eng geworden war.

Schafft mir den Schneider ran!

Als wir am Morgen des sechsten Manövertages mit dem ganzen Kommandotrupp in einem Raum der Befehlsstelle auf der Helikopterbasis beim gemeinsamen Frühstück zusammensaßen, setzte Schneider zu einer seiner berüchtigten Geschichten an. Die Männer liebten seine Erzählungen und er genoss es ebenfalls sichtlich. Die heutige Geschichte kannte ich auch noch nicht, da sie aus jener Zeit stammte, nachdem Schneider zu den Panzergrenadieren versetzt worden war, um einen Zug mit drei Schützenpanzern Marder zu kommandieren.

Schneider sagte also: »Ich kann euch mal von einer Begebenheit berichten, die sich in Norddeutschland bei einem Manöver zutrug: Ich war damals noch recht neu bei den Panzergrenadieren, hatte aber gute Männer unter meinem Kommando, die es mir leichtmachten mich einzugewöhnen. Als Jägeroffizier – also als reiner Infanterieoffizier – ist es schon eine Umgewöhnung, gepanzerte Fahrzeuge zu befehligen, kann ich euch sagen.

Zuerst musste ich die Technik meistern. Und an so einem Marder ist verdammt viel Technik dran! Unglaublich, was sich für Mengen an Ausrüstung sauber verpackt auf dem Bock verstauen lassen! Als ich das zum ersten Mal sah, wollte ich es kaum glauben. Nun, ich habe die Einweisung ins Gerät letztlich halbwegs gut überstanden und meine Unterführer waren erfahrene Männer, auf die ich bauen konnte. Ich habe von ihnen viel lernen dürfen. Im Umkehrschluss profitierte meine neue Truppe von meiner Erfahrung im Infanteriekampf. Wir rauften uns also relativ schnell zusammen.

Dann kam ein Manöver, bei dem ich meine bei den Jägern und als Jagdkommandoführer erlernten Fähigkeiten wieder unter Beweis stellen musste. Das Manöver, eine Brigadegefechtsübung, fand als Begegnung meines Panzergrenadierbataillons und eines Panzerbataillons aus derselben Brigade statt – entsprechend den üblichen Rivalitäten in der Brigade war die Stimmung von Anfang an recht hitzig, besonders unter den Kommandeuren! Bei solchen Übungen ist es stets eine besondere Freude, wenn es gelingt, den gegnerischen Bataillonsgefechtsstand aufzuklären und auszuschalten. Das ist die Höchststrafe und gleichzeitig die schlimmste Blamage – quasi der absolute Supergau für einen Bataillonskommandeur, vor allem, wenn dieser sich noch Ambitionen in der militärischen Hierarchie zutraute.

Der Kommandeur meines Panzergrenadierbataillons erinnerte sich also, dass einer seiner Zugführer ein Spezialist für den Jagdkampf und insbesondere für die Aufklärung feindlicher Gefechtsstände ist.«

Der Hauptmann schmunzelte und sagte dann: »Ich erinnere mich noch, wie es plötzlich durch den Stab schallt: ›Schafft mir den Schneider ran!‹ Und ich durfte mich mit dem Fall nun persönlich befassen.«

Schneider wartete das einsetzende Lachen ab, ehe er fortfuhr: »Jetzt muss man sagen, dass Panzermänner nicht wirklich etwas mit der verschlagenen Kampfweise des Jagdkampfes anfangen können. Für Jäger und abgesessene Panzergrenadiere ist das hingegen Alltag, da sie von Haus aus ständig auf ähnliche Art kämpfen müssen. Panzermänner trennen sich dagegen nur ungern von ihren Spielzeugen – das Absitzen von ihren geliebten Kampfpanzern bereitet ihnen daher zumindest seelische, wenn nicht sogar körperliche Schmerzen.

Dies alles berücksichtigend, wendete ich eine Methode an, die so effektiv wie erfolgsversprechend war. Ich setzte mich also auf die nächstbeste Erhöhung mit guter Aussicht und beobachtete, wo die mit weißen Kreuzen versehenen Geländefahrzeuge so hinfuhren. Dies waren nämlich die Autos der Schiedsrichter und der Manöverleitung, die alle nur ein Ziel kannten: den Gefechtsstand des gegnerischen Panzerbataillons! Ich folgte ihnen bei Dunkelheit mit einer kleinen Gruppe Panzergrenadiere, aus denen ich ein Jagdkommando geformt hatte.«

Schneider lachte auf und giggelte noch etwas, ehe er sich fing und weitererzählen konnte: »Wir marschierten also ganz dreist schnurstracks auf den ersten Alarmposten des Gefechtsstandes zu. Ich schnauzte den verdutzten Posten an und fragte nach dem Kompaniefeldwebel. Ohne eine Antwort abzuwarten, ging ich weiter und meine Männer einfach hinter mir her. Der Posten wusste nicht, was er machen sollte, also hielt er sich lieber bedeckt.

Im nächsten Augenblick war ich auch schon ins Gruppenzelt des Bataillonsgefechtsstands eingetreten, wo gerade eine Befehlsausgabe durch den Bataillonskommandeur des Panzerbataillons abgehalten wurde! Höflich stellte ich mich als Oberleutnant des gegnerischen Panzergrenadierbataillons vor, hob meine UZI und legte eine blaue Übungshandgranate auf den Kartentisch in der Mitte des Gruppenzeltes. Dann klärte ich die anwesenden Offiziere freundlich darüber auf, dass sie gerade den Heldentod gestorben seien. Die Panzergrenadiere meines Jagdkommandos schlichen derweil kreuz und quer durch den gegnerischen Gefechtsstand und markierten alle Fahrzeuge und alles größere Gerät mit einem weißen Kreidekreuz als zerstört. Für den Panzer des Bataillonskommandeurs hatten sie allerdings etwas Besonderes auf Lager. Mit Kreide schrieben sie auf den Panzer: ›Zerstört von Oberleutnant S‹.

Der Brigadekommandeur konnte sich vor Lachen kaum auf den Beinen halten, als er davon erfuhr! Der gesamte Bataillonsgefechtsstand des Panzerbataillons war ausgefallen – die Manöverleitung entschied aber, dass der Bataillonskommandeur den Anschlag überlebt hätte und das Manöver somit weitergehen konnte. Der blamierte Oberstleutnant rannte aus dem Gruppenzelt, brüllte nach seinem Panzer und erstarrte zur Salzsäule, als er die Inschrift las, die in Kreide auf der Wanne seines Tanks geschrieben stand.«

Abermals genoss Schneider das Schmunzeln seiner Zuhörer, ehe er wieder ansetzte: »Es stand nun 1:0 für mein Panzergrenadierbataillon, daran bestand kein Zweifel, und die Panzergrenadiere feierten ihren Triumph über die Panzerjungs.

Der Kommandeur des Panzerbataillon hingegen gab sich noch nicht geschlagen. Er verlegte den Standort des Bataillonsgefechtsstandes und karrte eigens eine Grundausbildungskompanie zu seinem Schutz heran, die um den Gefechtsstand herum in Stellung ging. Das ganze Areal des Gefechtsstandes wurde hermetisch abgeriegelt und mit Stacheldraht gesichert. Massive Stellungen wurden ausgebaut und der blamierte Kommandeur tobte: ›Bringt bloß Oberleutnant Schneider zur Strecke, wenn er sich irgendwo blicken lässt! Tot oder lebendig!‹

Ich dachte aber gar nicht daran, diese Nummer nochmal abzuziehen. Solche Überraschungen klappen immer nur einmal. Vielmehr klärte ich den Standort des Gefechtsstands auf altbewährte Weise erneut auf. Nur wenige Stunden nach der Verlegung konnte ich die exakte Art und Stärke der Sicherung über Funk an meinen Kommandeur melden. Ein Eindringen war nun völlig ausgeschlossen, das lag auf der Hand. Aber es ging ja auch noch anders. Keiner konnte in den Gefechtsstand eindringen, aber andersherum kam auch keiner besonders schnell heraus. Ein Luftangriff oder ein Artillerieschlag könnte hier die Lösung sein. Via Funk schilderte ich die Lage, unterbreitete meinen Vorschlag und forderte dann auch direkt Feuerunterstützung durch unsere Panzermörser an.

Und mein Kommandeur genehmigte den Einsatz, erfreut darüber, dass ich wieder einmal eine Lösung für seine Probleme parat hatte. Ich konnte von meinem Aussichtspunkt aus als Artilleriebeobachter wirken und das Feuer unsere Panzermörser über Funk ins Ziel dirigieren.

Wenig später stand die Panzermörserkompanie in Feuerstellung bereit. Das Feuerkommando wurde erteilt und schon musste ein Schiedsrichter dem glücklosen Kommandeur der Panzerbataillons mitteilen, dass sein Bataillonsgefechtsstand beschossen werde. Er begann dann gleich damit, Verluste zu deklarieren. Alle Versuche, den Gefechtsstand eiligst zu verlegen – ja quasi die Flucht zu ergreifen – scheiterten an den umfangreichen, selbsterrichteten Sperren aus Stacheldrahtverhauen. Etliche hätten sicher einiges dafür gegeben, um das Gesicht des glücklosen Oberstleutnants während der hektischen Fluchtversuche sehen zu können. Der Spot seiner Offizierskameraden war ihm sicher! Die Panzergrenadiere waren die strahlenden Sieger der Brigadegefechtsübung und unser Brigadeführer voll des Lobes für die erbrachten Leistungen. Die Panzermänner hatten weniger zu lachen; sie wurden nun vermehrt zum Ziel von Inspektionen durch unseren gemeinsamen Brigadekommandeur.«

Der versammelte Kommandotrupp klatschte sich vor Lachen auf die Schenkel. Genau solche Storys wollten die Männer hören.

Seltsame Begegnung der anderen Art

An diesem sechsten Manövertag ereignete sich auch ein etwas seltsames Zusammentreffen. Schon kurz nach dem erwähnten Frühstück wurden wir zum Kommandoposten befohlen. Das heißt, eigentlich wurde nur Schneider herbeigerufen, aber wir waren ja seine Schatten, solange das Manöver lief.

Unser Fuchs-Taxi transportierte also wieder eine volle Ladung. Keiner hatte Schneider vorab sagen wollen, worum es ging. Ich befürchtete bereits das Schlimmste, als ich am Bestimmungsort amerikanische Soldaten in ihrer typischen Woodland-Tarnkleidung erblickte. Jetzt musste es die Quittung für das Verhör geben! Schneider strahlte allerdings eine Ruhe aus, die seinesgleichen suchte.

Kaum im Kommandoposten angekommen, stürmte auch schon ein Stabsoffizier heran und führte Schneider zum Befehlszelt. Wir sollten beim TPz warten. Es dauerte nicht lange, und eine Kolonne von Limousinen erreichte den Kommandoposten, eine davon war mit roten Standarten an den Kotflügeln versehen. Darauf zu sehen: drei Sterne auf rotem Grund. Was folgte, war eine bizarre Vorstellung. Ein hochgewachsener, älterer Offizier mit verspiegelter Sonnenbrille entstieg der Limo und ließ sich von mehreren US-Amerikanern, die hinzugetreten waren, zum Befehlszelt führen. Ich schlenderte, neugierig geworden, unauffällig hinterher. Der Kerl mit der Sonnenbrille war immerhin ein Generalleutnant der US-Army!

Würden sie Schneider jetzt ans Kreuz nageln?

Plötzlich traten beide Generäle aus dem Zelt – sowohl unserer als auch der Ami. Gemeinsam bewegten sie sich, von ihren Hofschranzen umschwärmt, zum Zelt, in dem die gefangenen Amerikaner untergebracht waren. Der US-General betrat es allein, um kurze Zeit später wutschnaubend herauszustürmen. Jetzt musste der Ofen für Schneider endgültig aus sein! Doch der Amerikaner ging nicht auf Schneider oder unseren General los. Vielmehr packte er seine Sonnenbrille, warf sie voller Zorn in den Dreck und zertrat sie unter seinen Armeestiefeln.

»That's just great, just fucking great!« Mit diesen Worten stürmte er zu seiner Limousine und rauschte ab. Seine gesamte Entourage beeilte sich, ihm nachzufahren.

Schneider spazierte zu uns und badete in unseren verwirrten Blicken.

»Unsere amerikanischen Verbündeten sind nicht gerade glücklich über den Verlauf des Manövers«, ließ er sich schließlich vernehmen und konnte sich ein Grinsen nicht verkneifen. Auch unser General lächelte durchaus zufrieden.

»Auf geht's, Männer. Zurück zum Befehlsstand! Wir haben Arbeit vor uns, denn es laufen noch immer ein paar Amis durch unser schönes Schwabenland, die da nicht hingehören. Und die will ich haben, bevor das Manöver zu Ende geht!«

Endspiel

Nach tagelanger Hetzjagd wussten die Special Forces nicht mehr ein noch aus. Sie waren völlig erschöpft, hatten ihren Vorrat an Aufputschmitteln verbraucht und einen guten Teil ihrer Ausrüstung verloren oder gar zurücklassen müssen, wenn diese verdammten Jerrys mal wieder so nah an sie herangekommen waren, dass man beinahe ihr Rasierwasser hätte riechen können. Der Anführer des Special Forces A-Team, Lieutenant James »Jim« Striker, vermochte sich kaum noch auf den Beinen zu halten – und seinen Männern ging es nicht besser.

Striker griff schließlich nach dem letzten ihm verbliebenen Strohhalm. Er führte seine Männer bei Einbruch der Dunkelheit in ein nahegelegenes Dorf. Dort bot er einem älteren Bauern eine der Goldmünzen an, die jeder Green Beret für Notfälle bei sich führte, um eine Nacht in der Scheune des Bauernhofes schlafen zu dürfen. Der Bauer, nicht auf den Kopf gefallen, packte diese günstige Gelegenheit beim Schopfe. Nachdem er die Münze mittels seiner patentierten Echtheitsprüfung mit den Zähnen als tatsächliches Gold identifiziert hatte, führte er die Amerikaner in eine Scheune und wünschte ihnen eine geruhsame Nacht. Völlig erschöpft legten sich die Männer ins Stroh und verzichteten sogar auf einen Wachposten. Warum auch? Ein bewaffneter Mann vor der Scheune wäre nur aufgefallen …

Der Bauer indes schwang sich auf seinen alten Traktor und fuhr in den benachbarten Ort, wo er nur eine Stunde zuvor eine der Feldjägerstreifen von Feldwebel Binder getroffen und von dem Kopfgeld erfahren hatte, dass Schneider ja auf die Amis ausgesetzt hatte. Die hocherfreuten Feldjäger riefen umgehend den nicht mindererfreuten Schneider heran, der sich sofort zur Ortschaft aufmachte. Nachdem der alte Bauer als guter Staatsbürger Schneider persönlich berichtet und daraufhin seinen wohlverdienten Lohn erhalten hatte, plante der Hauptmann den letzten Akt dieses Dramas.

In aller Stille umstellte seine gesamte Fallschirmjägerkompanie die Scheune und wartete geduldig auf den Sonnenaufgang des letzten Manövertages. Das Schnarchen der Schlafenden drang durch die dünnen Holzwände und ließ die Fallschirmer dreckig grinsen.

Als der Morgen anbrach, befanden sich sämtliche Kräfte vor Ort – natürlich auch Schneider selbst samt unserem Kommandotrupp. Meine übrigen Jäger waren weiterhin mit ihren Sicherungsaufgaben betreut.

Der Hauptmann vergewisserte sich nochmals, dass sich sämtliche Kräfte auf Position befanden, und nestelte dann betont langsam seine Dienstpistole aus dem schwarzen Lederholster an seinem Koppel. Mit kundigen Handgriffen lud er sie. Langsam hob er die Waffe über den Kopf und feuerte einen einzelnen Schuss ab. Aus der Scheune waren augenblicklich aufgeregte Stimmen zu hören. Schneider ließ sich von den Feldjägern ein Megafon reichen und rief dann auf Englisch in Richtung der Scheune: »Kommen Sie mit erhobenen Händen heraus, die Scheune ist umstellt! Sie sind jetzt Kriegsgefangene der Bundesrepublik Deutschland! Widerstand ist zwecklos!«

Wie um das Gesagte zu unterstreichen, fuhren unsere beiden TPz-Fuchs hinter Schneider auf. Die Soldaten an den aufmontierten MG3 schwenkten ihre Waffe auf die Scheune ein; gleichzeitig brachten sämtliche Fallschirmjäger ihre Handwaffe in Anschlag. Das machte Eindruck, wenn so viele Rohrmündungen auf einen gerichtet waren. Die Amerikaner erkannten wohl in diesem Moment ihre ausweglose Lage, da sich die kleine Tür im Scheunentor öffnete und sechs ausgemergelte, erschöpft wirkende Gestalten mit erhobenen Händen zögerlich heraustraten. Schneider gab das Megafon an den Feldjäger zurück und schritt auf die Partisanen zu.

»Sie haben uns ganz schön auf Trab gehalten!«, sagte er zu dem ersten der Männer.

»Sie uns auch!«, erwiderte dieser in nahezu akzentfreiem Deutsch und blickte dabei reichlich verkniffen drein. Aber Schneider reagierte nicht so überrascht, wie der Amerikaner vielleicht vermutet hätte, denn er wusste, dass bei den US-Special Forces Wert daraufgelegt wurde, sich im Einsatzgebiet verständigen zu können. Daher sollten stets mindestens zwei Soldaten eines A-Teams eine der einheimischen Sprachen beherrschen. Dieses letzten moralischen Triumphs beraubt, fügte sich der Amerikaner in sein Schicksal – und mit ihm sein ganzes Team.

Was folgte, war Routine. Man brachte die Amerikaner und ihre Ausrüstung zur Gefangenensammelstelle. Der General war natürlich hocherfreut, hatte seine Reputation doch keinen Schaden erlitten. Der Verlust der Sendeanlage war da ein verschmerzbarer Makel im ansonsten guten Resultat.

Die Manöverkritik fiel entsprechend positiv aus. Schneider und seine Männer kehrten nach Nagold zurück, nachdem sich der Hauptmann ausgiebig von meinen Jägern verabschiedet hatte. Die Mitglieder des Kommandotrupps erhielten jeder einen Handschlag und anerkennende Worte.

Ich bedanke mich für den großartigen Einsatz und würde jederzeit wieder mit euch ins Gefecht ziehen, sagte er schließlich zu meinen versammelten Jägern.

Mich selbst nahm er zur Seite und fragte, ob ich mir vorstellen könne, als Fallschirmjäger zu dienen.

»Ich würde Ihnen auch in die Hölle folgen, Herr Hauptmann!«, erwiderte ich. Das Angebot schmeichelte mir. Schneider aber wurde plötzlich ganz ernst.

»Mal den Teufel nicht an die Wand, Markus. Der Kalte Krieg könnte sich jederzeit erhitzen … genau dann hätte ich gerne Männer wie dich an meiner Seite.«

Ich versprach, ernsthaft darüber nachzudenken.

Lange nach dem Manöver erfuhr ich über Umwege, dass Schneider bei meinem Vorgesetzten vorgesprochen und mich besonders für meinen

Einsatz gelobt hatte. Wenig später folgte ich seinem Angebot und wechselte tatsächlich zu den Fallschirmjägern.

Aber das ist eine andere Geschichte.

Epilog

Militärbasis Fort Bragg (North Carolina), USA, Heimat der US-Army Special Forces (Green Berets)

Lieutenant Striker verspürte ein flaues Gefühl im Magen, als er das Vorzimmer seines Vorgesetzten betrat. Der Corporal am Schreibtisch blickte nur kurz auf und winkte ihn ins angrenzende Büro durch.

Striker hatte auf dem langen Heimflug von Deutschland in die Vereinigten Staaten kein Auge zugetan – dabei war er hundsmüde! Noch nie hatte er einen Einsatz derart in den Sand gesetzt. Er wappnete sich für die Standpauke, die er nun zweifelsohne zu erwarten hatte.

Colonel Decker knallte gerade den Telefonhörer auf die Gabel und ließ einen derben Fluch folgen, bevor er von seinem Platz hinter dem Schreibtisch finster zu Striker aufblickte.

»Nun, Lieutenant, das lief ja nicht so besonders …!«

Striker setzte zu einer Antwort an, aber Decker würgte ihn mit einer schroffen Handbewegung ab.

»Schon gut, die Ranger haben es noch schlimmer verbockt! Wir haben die Deutschen sträflich unterschätzt. Besonders ihre Fallschirmjäger scheinen noch immer so gefährlich zu sein wie im Zweiten Weltkrieg. Darauf hätten wir gefasst sein müssen. Schon die Planungsstäbe dachten, es würde ein Spaziergang werden, da wir es eigentlich nur mit Unterstützungseinheiten der Deutschen zu tun bekommen sollten. Mit Elitetruppen hat niemand gerechnet!

Wir haben von ganz oben die Anweisung erhalten, absolutes Stillschweigen über diese Sache zu bewahren. Weisen sie also Ihre Männer entsprechend an. Diese Blamage darf unter keinen Umständen an die Öffentlichkeit gelangen – schlechte Publicity für die Spezialkräfte und die Armeeführung!« Decker räusperte sich. Er wirkte alles andere als glücklich, schien aber auch nachdenklich zu sein.

»Die deutsche Regierung hat Stillschweigen zugesichert. Alle Beteiligten bekommen einem Maulkorb; die Akten dazu werden erst in 75 Jahren freigegeben. Was uns angeht, ist das ganze Fiasko nie passiert.« Er nickte offensichtlich einem Gedanken zu. »Sie können wegtreten, Lieutenant!«

Striker salutierte und verließ nach dem lässigen Gegengruß des Colonels das Büro, unsicher, ob er sich über den nicht erfolgten Anschiss freuen oder darüber ärgern sollte, dass nun alles unter den Teppich gekehrt würde. Seiner Meinung nach konnte man aus Fehlern nur lernen, wenn man sie analysierte und bessere Lösungen suchte. Schwieg man ein Problem tot, brachte das gar nichts. Er schüttelte den Kopf; er war ein zu kleines Rädchen im Getriebe und konnte nichts an den Entscheidungen von oben ändern. Er würde aber seine Erfahrungen mit den Deutschen dezent in die Ausbildung seiner Männer einfließen lassen.

Als er ins Freie vor das Gebäude trat und sein grünes Barett aufsetzte, formten sich in seinem Geist bereits erste Ideen, wie er den Ausbildungsplan anpassen könnte.

ENDE

»Man sollte die Leute in Deutschland nehmen, wie sie sind;
andere sind gerade nicht da.«
Konrad Adenauer

Nachbetrachtung

Der Öffentlichkeit sind im Allgemeinen die internationalen Spezialeinheiten ein Begriff, die in Büchern, im Kino oder im Fernsehen in Action- und Kriegsfilmen porträtiert werden. So können sich die meisten unter Begriffen wie SAS, Navy SEALs, Special Forces oder Delta Forces etwas vorstellen. Inwieweit das den tatsächlichen Einheiten, die hinter diesen Begriffen stehen, gerecht wird und im welchem Maß solche Darstellungen zu ihrem tatsächlichen Einsatzalltag und ihren Aufträge passen, lasse ich mal dahingestellt. Derartige Einheiten werden in Kino und Co. aber zumeist nicht sehr realistisch dargestellt, da es in erster Linie ja auch Unterhaltung sein soll.

Weit weniger bekannt sind die deutschen Spezialkräfte, deren Ursprung im Kalten Krieg liegt, wie die Kampfschwimmer, Fernspäher, Einzelkämpfer, Jagdkommandos und für besondere Feindlagen ausgebildete Fallschirmjägereinheiten. Sie waren der Vorläufer der heutigen Kommando Spezialkräfte, kurz KSK, die gegenwärtig die Spezialkräfte der Bundeswehr zusammenfassen.

Konkreter Anlass für die Aufstellung des KSK war die Tatsache, dass 1994 während des Völkermordes in Ruanda deutsche Staatsangehörige von belgischen Para-Commandos evakuiert werden mussten. Diese Krise führte dazu, dass NATO-Evakuierungsplanungen erstellt und regionale Verantwortungsbereich definiert wurden, die festlegten, welches Land bei künftigen Krisen in welcher Region Führungsnation sein sollte. Zugleich wurden geheime Einsatzpläne in der Militärallianz erarbeitet. Entsprechend diesen Ergänzungen der gültigen NATO-Doktrin hatten alle Nationen Spezialkräfte für militärische Operationen verfügbar zu halten, die wegen der Besonderheit und politischen Bedeutung des Auftrages, wegen der Besonderheiten der gegebenenfalls verdeckten und mit hohem Risiko verbundenen Auftragserfüllung sowie der Bedeutung der Operationsziele nach anderen Grundsätzen und Verfahren durchgeführt werden sollten als Einsätze herkömmlicher Truppen.

Der Druck auf Deutschland, eigene Fähigkeiten für diesen Verantwortungsbereich aufzubauen, stieg. Offensichtlich erwarteten die Alliierten, dass Deutschland bereit und in der Lage ist, in einer ähnlichen Situation wie in Ruanda, wo zwölf belgische Soldaten starben, mit eigenen Kräften operieren zu können. Ausschlaggebend war schließlich das Urteil des Bundesverfassungsgerichts vom 12. Juli 1994, das sogenannte »Out-of-Area-

Urteil«, welches verbindlich feststellte, dass humanitäre und auch militärische Einsätze der Bundeswehr außerhalb des NATO-Gebietes zulässig sind. Voraussetzung für einen solchen Einsatz ist die vorherige konstitutive Zustimmung des Deutschen Bundestages, wofür eine einfache Mehrheit ausreicht.

In einer Phase, in der Deutschland noch seine neue Rolle in der Weltpolitik suchte, ebnete dieser rechtliche Spielraum zusammen mit dem Druck aus dem Ausland den Weg für Planungen im Bundesverteidigungsministerium zum Aufbau und zur Bereitschaft einsatzbereiter Spezialkräfte.

Der damalige Bundesverteidigungsminister Rühe kommentierte dies wie folgt: »Die Fähigkeit, im Notfall eigene Staatsbürger im Ausland aus Gefahr für Leib und Leben retten zu können, gehört zur grundlegenden Verantwortung eines jeden Staates!«

Diese Ereignisse führten Ende 1994 zu einer Neuausrichtung der deutschen Sicherheitspolitik. Deutsche Krisenreaktionskräfte sollten so ausgebildet und ausgerüstet werden, dass sie in der Lage sind, über alle Teilstreitkräfte hinweg und auch in Zusammenarbeit mit Bündnispartnern Rettungs- und Bergungsmaßnahmen in feindlichem Umfeld durchzuführen. Im Sommer 1994 erarbeitete der Führungsstab des Heeres die konzeptionellen Grundlagen für deutsche Spezialkräfte und ein Jahr später, am 28. September 1995, veröffentlichte der Generalinspekteur des Heeres ein Papier mit dem Namen »Ziel- und Planungsvorstellungen Spezialkräfte«.

Ein weiterer Eckpunkt, der den außen- und sicherheitspolitischen Wandel zusammenfasst, war die Rede des damaligen Bundespräsidenten Roman Herzog vor der Deutschen Gesellschaft für Auswärtige Politik am 13. März 1995, in der er feststellte, dass das Ende des Trittbrettfahrens erreicht sei und Deutschland nun die politische und militärische Verantwortung in der Welt übernehmen müsse, die seinem Gewicht entspreche.

Im Frühjahr 1995 waren die Arbeiten so weit fortgeschritten, dass der Bundesminister der Verteidigung dem Verteidigungsausschuss in seinem Konzeptpapier offiziell die Aufstellung eines Kommandos Spezialkräfte vorstellte. Darin wurden die ursprünglichen Pläne, nur eine Truppe für die Rettung und Evakuierung deutscher Staatsangehöriger und anderer Personen in besonderen Lagen im Ausland aufzustellen, erheblich erweitert. So kamen Aufgaben wie Beschaffung von Schlüsselinformationen in Krisen- und Konfliktgebieten, Schutz von Personen in besonderen Lagen und Kampfhandlungen im Feindesland hinzu.

Im Juni 1995 beschloss die damalige Bundesregierung, das KSK aufzustellen. Die Soldaten rekrutierten sich vor allem aus den Fallschirmjägern der ehemaligen Bravo-Kompanien der einzelnen Luftlandebrigaden der Bundeswehr, die bereits für Geiselbefreiung und Kommandoeinsätze ausgebildet waren. Darüber hinaus traten viele Soldaten der ebenfalls 1996 aufgelösten Fernspähkompanien 100 und 300 in das KSK ein und gelten bis heute als die erfahrensten Angehörigen dieser Einheit – die sogenannten Veteranen.

Andere Soldaten kamen aus den übrigen infanteristischen Bereichen des Heeres. Es handelte sich um Jäger, Fallschirmjäger aus den übrigen Einheiten und Gebirgsjäger. Gelegentlich wurden auch Spezialisten aus anderen Teilstreitkräften der Bundeswehr ins KSK aufgenommen. Abgerundet wurde die Integration durch neue Ausrüstung, die dem ebenfalls weitgehend neuen Aufgabenprofil Krisenprävention und Krisenbewältigung angepasst wurde und durch die Ausstattung des KSK mit eigenen Führungs-, Fernmelde- und Unterstützungskräften ergänzt wurde.

Schon früh im Jahr 1996, bei Demonstrationen der Friedensbewegung in Calw und später bei den Ostermärschen, wurde regelmäßig Kritik am KSK und seiner Ausrichtung laut. Aus den Reihen der Friedensbewegung wurde immer wieder der Vorwurf erhoben, das KSK sei aufgrund seiner Konzeption und der geltenden Geheimhaltung jeder demokratischen Kontrolle und öffentlichen Kritik entzogen.

Im April 1997 war das KSK einsatzbereit und demonstrierte angesichts der positiven Presseresonanz auf der Bundeswehrübung »Schneller Adler 97« vom 1. bis zum 10. September desselben Jahres auf dem Truppenübungsplatz Baumholder und dem Fliegerhorst Mendig seine Fähigkeiten. Insgesamt 1.600 Soldaten mit 20 Hubschraubern, 11 Transportflugzeugen und fast 500 Fahrzeugen nahmen an dem Manöver teil, das vom damaligen Kommandeur des Kommandos Luftbewegliche Kräfte (KLK), Volker Löw, geleitet wurde. Die Großübung simulierte die Befreiung deutscher Geiseln aus der Gewalt von Terroristen im 1.200 km entfernten Ausland sowie die Evakuierung deutscher Staatsbürger aus einer Krisenregion.

Bundesverteidigungsminister Volker Rühe war seinerzeit persönlich vor Ort, um das Manöver in Mendig zu begutachten. Die öffentliche Demonstration der Fähigkeiten verfehlte ihre Wirkung nicht und die Medienberichterstattung über die Veranstaltung und die Truppe war durchweg positiv. Die Frage der Finanzierung einer solchen Spezialeinheit im Zeitalter der Abrüstung blieb ein Randthema. Auch die Frage, ob die Bundeswehr diese 1.000 Mann starke Truppe tatsächlich *nur* für Geiselbefreiungseinsätze im Ausland bereitstellt, wurde kaum diskutiert.

91

Mittlerweile wird die Frage nach dem Sinn und Zweck der Einheit kaum mehr gestellt. Auch hinterfragt kaum jemand die Maskierungs- und Geheimhaltungsmaßnahmen der KSK-Angehörigen, die von Anfang an nur mit Masken in der Öffentlichkeit auftraten, um sich und ihre Familien zu schützen.

Aber auch das KSK musste sich der Traditionsfrage stellen, mit der die Bundeswehr heute so sehr zu kämpfen hat. Böse Zungen behaupten, es wirke, als dass die Jagd nach militärischen Souvenirs der Soldaten in den Kasernen wichtiger sei als die Beschaffung von funktionsfähiger Ausrüstung.

Rein-Hard Günzel, bis Ende 2003 hochdekorierter Kommandeur des KSK, stellt die Spezialeinheit in seinem Buch »Geheime Krieger« in die Tradition der Brandenburger (Division Brandenburg), eine Spezialeinheit der Wehrmacht während des Zweiten Weltkriegs. Die Linksfraktion im Deutschen Bundestag stellte daraufhin eine kleine Anfrage, ob das KSK die Division Brandenburg als traditionsbildende Einheit betrachte. Sie vertrat dabei die Auffassung, dass das Verhältnis des Kommandeurs zu den Verbrechen der Wehrmacht im Zweiten Weltkrieg nicht ausreichend geklärt sei, weil der Division Brandenburg Verstöße gegen die Haager Landkriegsordnung vorgeworfen wurden. Die Bundesregierung antwortete, dass das traditionelle Verhältnis des KSK auf der besonderen Qualifikation und dem Stolz, eine harte und anspruchsvolle Ausbildung erfolgreich durchlaufen zu haben, beruhe und Spekulationen über rechtsextremistische Äußerungen von Brigadegeneral a.D. Günzel während seines aktiven Dienstes als Kommandeur des KSK jeder Grundlage entbehren würden. Die Regierung stellte damit klar, dass es nie einen offiziellen Traditionsbezug zur Division Brandenburg gegeben habe und dass Günzels öffentliche Äußerungen seine private Meinung seien.

Reinhard Günzel wurde am 4. November 2003 von Bundesverteidigungsminister Peter Struck wegen eines Unterstützungsbriefes an den ehemaligen Bundestagsabgeordneten Martin Hohmann entlassen, den er auf offiziellem Briefpapier und damit in seiner dienstlichen Funktion als Kommandeur des KSK verfasst hatte.

Oft tritt das KSK nur dann ins Licht der Öffentlichkeit, wenn politische Äußerungen oder Eskapaden die Aufmerksamkeit auf die Spezialeinheit lenken. Damit sind die Soldaten der Einheit kaum im Bewusstsein der Bevölkerung angekommen. Dazu trug sicherlich auch bei, dass die Verluste des KSK in der Regel geheim gehalten wurden.

Am 5. Mai 2013 informierte Verteidigungsminister Thomas de Maizière erstmals die Öffentlichkeit darüber, dass ein KSK-Soldat im Einsatz gefallen ist. Dies geschah während eines Einsatzes in Nordafghanistan, und bei dem gefallenen Soldaten soll es sich um den ersten getöteten KSK-Soldaten in Afghanistan überhaupt handeln. Bis dahin waren nach verschiedenen Berichten KSK-Angehörige nur bei Verkehrs- und Ausbildungsunfällen ums Leben gekommen, zum Beispiel bei Tauchübungen, Fallschirmsprüngen oder Schießübungen.

Noch immer ist es so, dass die Soldaten dieser Spezialeinheit nur in den Blickwinkel der Öffentlichkeit geraten, wenn etwas schiefgelaufen ist oder man Kritik an ihnen oder der Bundeswehr im Allgemeinen üben möchte. Ihre Verdienste und die Opfer, die sie und ihre Vorgänger im Kalten Krieg im Dienst für ihr Vaterland erbracht haben und noch immer erbringen, sind den Bürgern dieser demokratischen Nation, der Bundesrepublik Deutschland, zumeist leider unbekannt.

Wir alle sollten ihren Einsatz ehren, denn er ermöglichte erst und ermöglicht noch immer unser Leben in Freiheit und Demokratie!

Warum kämpfen wir?

Ostfront, Winter 1944/45

Gewaltige Einschläge großkalibriger Geschützgranaten erschütterten die Oberfläche und warfen tonnenweise Erde und Gestein umher. Die wenigen Landser in der gefrorenen deutschen Abwehrstellung krallten sich regelrecht mit klammen Fingern in die kleine Scholle Erdreich unter ihren ausgemergelten Körpern. Mit vor Angst geweiteten Augen erwarteten sie das Ende des infernalischen Beschusses, wohl wissend, dass der folgende Angriff der Sowjets vermutlich ihr Ende sein würde.

Als die gegnerische Artillerie schließlich verstummte, erhob sich das Häuflein Verteidiger benommen und begab sich schwankend in die Verteidigungsstellungen, die sie in den Tagen zuvor ausgebaut hatten. Ihr Leutnant eilte von Mann zu Mann und versicherte sich der Abwehrbereitschaft.

Als er die Maschinengewehrstellung im Zentrum der deutschen Abwehrlinie erreichte, wandte sich einer der drei jungen Soldaten am lafettierten MG 42 SMG an ihn.

»Herr Leutnant, haben wir überhaupt noch eine Chance hier? Die Russen kommen mit einem ganzen Regiment, vielleicht sogar mit Panzern; wir aber haben kaum noch Männer, wenig Munition und seit Tagen keine Verpflegung mehr … Warum kämpfen wir hier noch? So viele Kameraden sind schon gefallen! Warum kämpfen wir noch?«

Aus den Worten sprach keine Feigheit, das war dem Leutnant bewusst; dafür kannte er seine Männer zu gut. Nein, aus den Worten sprach die nackte Verzweiflung darüber, kaum noch etwas ausrichten zu können. Der Leutnant blieb bei der kleinen Gruppe stehen und legte dem jungen Landser beruhigend die Hand auf die linke Schulter.

»Wie beginnen wir den Tag, Gefreiter?«

Der Angesprochene erwiderte verwirrt: »Wie meinen Sie das, Herr Leutnant?«

»Ihre Frage impliziert doch die Frage nach dem Krieg an sich. Warum gibt es den Krieg? Sie suchen einen großen, alles verbindenden Sinn; Sie wollen von mir eine Geschichte hören, in der jedes Ereignis und jede Entscheidung zu einer Offenbarung über den Krieg führt. Doch Krieg ist schlicht eine gegebene Tatsache. Er ist ewig und endlos. Seit es Menschen gibt, gibt es den Krieg! Für unsere Feinde ist Krieg schlicht Kommunikation. Es ist ihre Art, mit uns zu kommunizieren und uns ihren Willen mitzuteilen. Für Andere, die Profiteure des Krieges, ist er wiederum eine Möglichkeit, Geschäfte zu machen. Die Erde dreht sich derweil Tag für Tag weiter. Und jeden Tag, an dem wir erwachen … wir, unsere Feinde als auch die Profiteure dieses Wahnsinns … erwartet uns trotz all unserer Unterschiede doch nur wieder der gleiche Krieg. Also frage ich Sie erneut, Gefreiter: Wie beginnen wir den Tag?«

»Ein paar tote Russen zum Frühstück wären nicht schlecht für den Anfang, Herr Leutnant!«

»Eben, Gefreiter, und so lassen wir den Tag dann auch ausklingen!«

Er klopfte dem jungen Soldaten nochmals auf die Schulter und eilte dann weiter zur nächsten Stellung im deutschen Abwehrperimeter. Wenig später war schon das Uräh-Geschrei der anstürmenden Sowjets zu vernehmen. Der Krieg zeigte erneut seine hässliche Fratze. Und sollte es nach dem Gefecht Überlebende geben, würden sie am Folgetag wieder den gleichen Krieg erleben.

Nachtmahr

Das besetzte Frankreich, Atlantikwall, November 1942

Ein nasskalter Lufthauch zog in dieser Nacht vom Atlantik hereinkommend über die Küste. Ein Sturm schien aufzuziehen. Der einsame deutsche Wachposten zog den Mantel enger um seinen dünnen Leib, um sich wenigstens ein bisschen vor der Kälte zu schützen. Walter Brink war mit seinen gerade achtzehn Jahren erst vor kurzem eingezogen und sofort nach einer Schnellausbildung an die Atlantikküste versetzt worden. Die Wachmannschaften in dieser losen Linie aus kleinen Befestigungsanlagen, welche die Propaganda großspurig als »Atlantikwall« bekanntgemacht hatte, sahen in der Realität leider weniger beeindruckend aus als in den Filmen der Wochenschau.

In Wirklichkeit dienten am Atlantikwall keine nordischen Hünen, sondern Männer, die zu alt, zu jung oder gesundheitlich angeschlagen waren. Das Deutsche Reich hatte quasi seine militärische B-Ware mit dem Schutz der französischen Atlantikküste beauftragt.

Viele der Verteidigungsanlagen befanden sich zudem noch im Bau. Tagsüber schufteten Walter und seine Kameraden neben Bauarbeitern der Organisation Todt und einheimischen Arbeitern aus örtlichen Bauunternehmen an den Befestigungsanlagen des Atlantikwalls, hoben Gräben aus, errichteten Geschützstellungen, Munitionslager, Bunker, Unterstände und geschützte Wohnquartieren.

Nachts standen sie Wache, stets mit einem mulmigen Gefühl in der Bauchgegend, fanden doch die deutschen Landser beim Wachwechsel immer wieder Wachposten tot vor – die Kehle durchgeschnitten, mit Schuss- und Stichverletzungen versehen oder mit einer Klaviersaite erdrosselt. Manche Wachposten verschwanden auch einfach und tauchten nie wieder auf. Es fehlte an Personal, um durchgehend Doppelposten aufzustellen.

Die Toten waren die sichtbaren Auswirkungen der Phantome, die sich in den Nächten an der französischen Kanalküste tummelten. Britische Spezialeinsatztruppen, »Commandos« genannt, führten Überfälle gegen die deutschen Stellungen, Hafeninstallationen, kriegswichtige Einrichtungen und Anlagen durch, oder sie brachten Gefangene ein, die dann durch die Geheimdienste verhört wurden. Meist endeten diese sogenannten Raids für die deutschen Wachposten jedoch tödlich.

Bei einer dieser Aktionen hatten die Eindringlinge schließlich gestellt werden können. Man fand bei einem der Briten ein Handbuch, das ausdrücklich festlegte, keine Gefangenen zu machen außer zu Zwecken der Informationsgewinnung.

Später dann, in der Nacht vom 3. auf den 4. Oktober 1942, landeten zwölf Männer der Special Operation Executives, der Small Scale Raiding Force und der No. 12 Commandos auf der von den deutschen besetzten Kanalinsel Sark mit dem Auftrag, offensive Aufklärung durchzuführen und Gefangene für Verhöre einzukassieren.

Mehrere Männer der britischen Commandos brachen in ein Wohnhaus ein. Die Bewohnerin des Hauses, Frances Noel Pittard, kooperierte bereitwillig und war für die britischen Soldaten eine hilfreiche Informationsquelle. Sie erzählte ihnen, dass sich ungefähr 20 deutsche Soldaten im nahegelegenen Hotel Dixcard befänden. Außerdem überreichte sie ihnen Dokumente inklusive Zeitungen von der Hauptinsel Guernsey.

Den Commandos gelang es letztlich, in einer Hütte neben dem Hotel fünf schlafende deutsche Soldaten zu überfallen. Die Landser wurden mit Handschellen gefesselt und geknebelt. Kurz darauf kam es zum Gefecht mit weiteren deutschen Soldaten. Die Commandos streckten alle gefesselten Deutschen nieder bis auf einen Unteroffizier, den sie bei ihrem Rückzug mitnahmen, um ihn zurück in England verhören zu können. Diese Aktion wurde bei den Briten als Operation *Basalt* bezeichnet.

Das alles ging Walter durch den Kopf, als er einsam in der Kälte auf Wache stand. Der Lederriemen seines Karabiner 98k hing schwer an seiner Schulter. Er blies sich den warmen Atem in die Hände und rieb sie aneinander – ein hilfloser Versuch, sich warm zu halten.

Plötzlich vernahm er Schritte hinter sich. Er wirbelte herum und zog gleichzeitig seine Waffe von der Schulter. Mit einer flüssigen Bewegung brachte er den Repetierer in Anschlag und legte die Sicherung am Schloss um. Angespannt zielte er in die Dunkelheit auf die Person, die sich offenkundig näherte. Doch es war nur einer seiner Kameraden, der sich aus der Dunkelheit schälte.

Wütend fuhr Walter ihn an: »Mensch Franz, du dämliches Rindvieh, fast hätte ich dir eine verpasst! Kannst du dich nicht anmelden wie jeder normale Landser?«

»Hab dich nicht so, alter Angsthase. Hier läufst du schon keine Gefahr, den Heldentod fürs Vaterland zu sterben!«, erwiderte Franz grinsend.

»Was willst du eigentlich hier? Für die Wachablösung bist du zu früh dran«, fragte Walter.

Franz erwiderte, immer noch breit grinsend: »Der Spieß wollte, dass ich dich früher ablöse wegen des Sauwetters heute Nacht. Der Wetterdienst meldet, dass es noch schlimmer wird. Der Spieß hat die Wachzeiten halbiert, damit seine Schäfchen tagsüber ausgeruht kriegswichtige Arbeit leisten können! Tja, er wird nicht umsonst die *Mutter der Kompanie* genannt … Ach, und du sollst dich bei ihm melden.«

»Mir soll es recht sein«, antwortete Walter ehrlich. Er blickte Franz jetzt direkt ins Gesicht, da erstarrte dieser unvermittelt. Ein Knacken erklang, als ob ein morscher Ast brechen würde. Dann sackte Franz in sich zusammen. In seiner Stirn, unmittelbar unter dem Rand des Stahlhelms, hatte sich ein leicht gezacktes Loch geöffnet, aus dem nun Blut sickerte.

Ehe der geschockte Walter reagieren konnte, stürzten sich zwei dunkle Gestalten mit geschwärztem Gesicht und Händen auf ihn und rangen ihn zu Boden. Einer der Angreifer bog ihm brutal die Arme auf den Rücken, der andere stopfte ihm einen Lappen in den Mund, um ihn so zu knebeln. Handschellen klickten und fixierten Walters Hände auf dem Rücken. Dann legten sie ihm eine Schlinge um den Hals und banden das andere Ende um seine angewinkelten Füße, die in den üblichen Knobelbecherstiefeln der Wehrmacht steckten.

Auf diese Art fixiert, konnte Walter die angewinkelten Beine nicht ausstrecken, ohne sich selbst zu würgen – die britischen Commandos waren für diese Art des Fesselns berüchtigt. Jemand, der derart gefesselt war,

102

vermochte diese unnatürliche Körperhaltung nicht lange zu halten. Senkte er seine Beine jedoch, erdrosselte ihn der Strick, wodurch er die Beine sofort wieder hochriss. Es handelte sich um die gleiche teuflische Mechanik des Foltertodes, die auch bei Kreuzigungen die Qual des Opfers verlängerte. Das Opfer wurde schwächer und schwächer, während es gegen die Fesseln ankämpfte.

Die Commandos indes ließen Walter in seinem Martyrium zurück und stürmten weiter. Wenig später echoten Schüsse aus deutschen Waffen und Alarmrufe in deutscher Sprache über den Strand. Die dumpfen Geräusche der alliierten .45 ACP-Thompson-Maschinenpistolen und kehlig gebrüllte Kommandos auf Englisch gesellten sich postwendend dazu. Nun feuerte auch eines der nagelneuen deutschen MG 42; das kreischende Geknatter

war unverkennbar und steuerte seinen Teil zur infernalischen Geräuschkulisse bei.

Die Minuten schienen sich zu Stunden zu dehnen, während Walter so
hilflos dalag. Mit jeder größeren Bewegung würgte er sich mit dem Strick,
doch seine Kräfte schwanden bereits. Er verlor das Zeitgefühl und
schreckte auf, als einige der Commandos an ihm vorbei in Richtung Strand
jagten. Einer der zurückweichenden Briten blieb bei ihm stehen, deutete
nach unten und brüllte einem weiteren heranstürmenden Commando zu:
»Kill him, no prisoners!«

Walter schloss mit seinem Leben ab. Sein Schulenglisch war gut genug,
um zu verstehen, was Phase war. Ein Brite stellte sich über Walter, zog
dessen Kopf brutal an den Haaren hoch und führte eine Klinge an Walters
nun ungeschützt daliegenden Hals. Da schlug eine Salve 9-mm-Parabel-
lum-Geschosse in die Brust des Commandos und schleuderte ihn zurück.
Walters Kopf knallte unsanft zu Boden. Schon stand ein deutscher Unteroffizier neben ihm und ließ lange Feuerstöße aus seiner MP 40 in Richtung
der fliehenden Commandos folgen. Ein zweiter Deutscher brüllte nach einem Sanitäter, und als weitere Kameraden Walters nachrückten, befreiten
sie ihn vorsichtig aus seinem Fesselgefängnis. Er würgte und konnte nicht
sprechen, winkte seinen Kameraden aber dankbar zu.

Der Spieß eilte herbei, beugte sich zu dem am Boden sitzenden Walter
und sagte mit väterlichem Tonfall: »Das wird schon wieder, mein Junge.
Gut, dass ich nachgeschaut habe, als du nicht von der Wachablösung

zurückgekommen bist. Übrigens, deine Versetzung kam heute rein … du kommst an die Ostfront.«

Dann folgte er den anderen Männern zum Strand. Die Commandos hatten es noch zu ihren Booten geschafft, wurden dann aber von einem deutschen MG 34 aus einer der getarnten Strandstellungen heraus niedergemäht.

Der Spieß verschaffte sich einen Überblick über die Lage und rief im Anschluss seinen Soldaten zu: »Gut gemacht Männer; wir haben die ganze Mörderbande erwischt! Fischt die Leichen aus dem Wasser und begrabt sie anständig! Sammelt ihre Waffen und die Ausrüstung ein! Wenn sie Erkennungsmarken und Papiere dabeihaben, bringt sie zu mir!«

Vorfälle wie dieser und ähnliche Vorkommnisse führten letztlich zum Kommandobefehl, einer Weisung Adolf Hitlers, Angehörige alliierter Kommandotrupps unverzüglich zu töten oder dem Sicherheitsdienst des Reichsführers SS zu übergeben. Der Befehl wurde von der Abteilung Wehrmachtführungsstab im Oberkommando der Wehrmacht als »Geheime Kommandosache« ausgefertigt, von Hitler unterzeichnet und in zwölf Ausfertigungen an höchste Wehrmachtstellen verteilt. Jener Kommandobefehl stellte einen Verstoß gegen die Haager Landkriegsordnung und das Genfer Abkommen über die Behandlung von Kriegsgefangenen von 1929 dar und wurde im Nürnberger Prozess vom alliierten Ankläger als Beweisstück für verübte Kriegsverbrechen angeführt. Die Tötung von deutschen Kriegsgefangenen durch alliierte Sonderkommandos wurde hingegen nie thematisiert.

Verloren und vermisst

Besetztes Jugoslawien, 1942

Otto Wolf umrundete zum zweiten Mal seinen Lastkraftwagen Opel Blitz. Das Warten war ihm schon immer schwergefallen; er war lieber beschäftigt oder auf der Rollbahn unterwegs. Als Kraftfahrer in einem Sanitätszug befand er sich derzeit ständig im Einsatz, da die Partisanen, die in Jugoslawien besonders aktiv waren, immer wieder die Bahnverbindungen unterbrachen und die Lazarettzüge aus Griechenland oft nicht mehr durchkamen. Seine Kameraden und er übernahmen dann die Verwundeten an der letzten Haltestelle vor dem Gleisschaden und transportierten sie in Kolonnen mit LKW bis zur ersten Haltestelle hinter besagtem Schienenschaden.

Da auch diese Kolonnen häufig zum Ziel der Räuberbanden wurden, mussten sie durch Begleitschutz eskortiert werden. Auf diesen warteten Otto und seine Kameraden nun schon seit einigen Stunden. Als er gerade zu dritten Runde um seinen Brummi ansetzte, kam ein Seitenwagengespann herangebraust. Mit quietschenden Bremsen kam das BMW R75-Krad mit Beiwagen neben ihm zum Stehen. Der Fahrer klopfte sich den Staub der Rollbahn von seinem Ledermantel und setzte betont langsam die Fahrerbrille ab.

»Was treibst du denn in Jugoslawien, mein Alter? Dich habe ich ja schon ewig nicht mehr gesehen!«, sagte er zu Otto mit einem Grinsen im verdreckten Gesicht.

Otto stutzte; ihm kam die Stimme bekannt vor. Er betrachtete die über und über mit Staub überzogene Gestalt kritisch. Dann fiel endlich der Groschen bei ihm und er erkannte seinen Jugendfreund Emil Weik.

»Emil, du alter Schlawiner, wie kommst du denn hierher? Du warst doch vor kurzem noch an der Ostfront?«

»Ja, aber ihr braucht scheinbar jetzt richtige Frontkämpfer hier, die euch Etappenschweinen die Windeln wechseln. Mein ganzer Haufen ist zur Partisanenbekämpfung abgestellt worden. Ich gehöre zu eurem Geleitschutz. Der Rest von uns kommt auch gleich hinterher«, antwortete Emil, während er ächzend von seiner Maschine stieg.

»Mann, so ein Zufall! Wir haben erst vor einer Woche von Griechenland hierher verlegt«, erwiderte Otto, froh darüber, seinen alten Freund heil wiederzusehen. In diesem Augenblick kamen ein Kübelwagen und drei LKW voller Wehrmachtssoldaten herangefahren. Der Kübel stoppte vor dem kleinen Bahnhofsgebäude und ein etwas älterer Oberleutnant sprang heraus, sah sich kurz um und marschierte dann schnurstracks auf den Führer der Sanitätskolonne zu – den jungen Leutnant Schreiber. Beide besprachen sich, als sich ein Vertreter der Reichsbahn dazugesellte. Eine heftige Diskussion entbrannte nun unter ihnen, woraufhin der Sanitätsleutnant hilflos die Arme hochwarf und wütend davonstapfte. Auch der Oberleutnant wirkte alles andere als glücklich, als er seinen Leuten Anweisungen erteilte.

»Scheint dicke Luft zu geben«, meinte Emil.

»Ja, da ist was Unschönes im Busch«, pflichtete ihm Otto bei.

Wie sich herausstellte, benötigte die Instandsetzungsmannschaft, welche die gesprengten Schienenstränge reparieren sollte, ebenfalls bewaffneten Schutz. Es war aber nur das eine Begleitkommando verfügbar, so dass es aufgeteilt werden musste. Das war nun eine unangenehme Neuigkeit, da dadurch beide Gruppen – das Bahnkommando und die Sanitätskolonne – nur noch ungenügend geschützt waren. Zwei LKW würden beim Bahnhof bleiben und die Soldaten die Eisenbahner begleiten. Der Kübel und der dritte LKW würden die Kolonne eskortieren. Das Beiwagenkrad würde die Spitze übernehmen.

Emils Beifahrer, der noch keinen Ton von sich gegeben hatte, legte stoisch einen Gurt in das MG 34 ein, das auf einer Halterung am Beiwagen des Krads montiert war. Auch Emil überprüfte seine MP 40-Maschinenpistole und seine P38-Pistole im Gürtelholster. Otto tat es den beiden gleich und kontrollierte seinen Karabiner 98k, den er stets im Führerhaus mitführte. Seine Pistole musste er etwas unauffälliger durchsehen, da er sie im Frankreichfeldzug einem französischen Offizier abgenommen und als Andenken behalten hatte. Das war eigentlich verboten, wurde aber häufig stillschweigend geduldet, solange es nicht zu auffällig war.

Wenig später war es so weit; die Sanitätskolonne begab sich auf den Weg. Das Beiwagenmotorrad übernahm wie vorgesehen die Führung, gefolgt vom Kübelwagen; daraufhin folgten die zehn Opel Blitz-LKW des Sanitätszuges und als schließendes Element ein Ford-Lastwagen des Begleitkommandos, auf dessen Ladefläche sich bewaffnete Soldaten tummelten.

Vladko Sladic hob den Feldstecher, den er einem toten deutschen Offizier abgenommen hatte, zum wiederholten Mal an die Augen. Zu sehen war aber immer noch nichts. Wo blieben diese deutschen Hunde nur? Sie sollten doch hier durchkommen. In der Nacht zuvor hatten er und seine Genossen die Schienen der nahen Bahnlinie gesprengt, um den erwarteten Lazarettzug entgleisen zu lassen. Es war aber nur ein Reparaturzug gekommen und entgleist. Sie hatten die Reichsbahner und einheimischen Arbeiter, die das Unglück überlebt hatten, umgebracht, wie sie es meist mit dem Feind und seinen Kollaborateuren taten. Nun wollten sie die deutschen Sanitäts-LKW ebenfalls überfallen, um möglichst viele deutsche Soldaten auszuschalten. Vladkos Genossen von der Volksbefreiungsarmee warteten nur darauf, sich auf sein Signal hin auf die Deutschen zu stürzen. Mehr als einhundert Tito-Partisanen hatten sie hier zusammengezogen, um sich das lohnende Ziel zu schnappen. Nichts war schlimmer für die Deutschen als der Terror, den sie mit ihren Überfällen ausübten.

Mirko Tasic gesellte sich zu Vladko. »Na Genosse, sind die Nazi-Hunde schon in Sicht?«

Vladko verzog frustriert das Gesicht. »Nein, noch nichts zu sehen. Sind sich die Genossen sicher, dass die deutsche LKW-Kolonne unterwegs ist?«

»Ja, ganz sicher, und es sind weniger Wachen dabei als üblich. Wir werden leichtes Spiel mit den Schweinen haben!«, antwortete der grobschlächtige Mirko und zeigte die Zähne.

Vladko wirkte plötzlich, als würde er unter Strom stehen.

»Da, schau! Eine Staubwolke auf der Straße; das müssen sie sein.«

»Ja, du hast recht; ich gebe das Signal.« Damit rappelte sich Mirko auf und hob den von den Deutschen erbeuteten Karabiner 98k über den Kopf. Er winkte jenem Posten, der sich auf einem nahen Hügel befand.

Otto steuerte den führenden LKW der Kolonne. Leutnant Schreiber hockte neben ihm im Führerhaus. Vor ihm rumpelte der Kübel des Oberleutnants über die staubige Rollbahn. Emils Krad war ein ganzes Stück vorausgefahren, um Hindernisse rechtzeitig ausmachen zu können. Die Partisanen fällten immer wieder Bäume oder lösten Steinschläge aus, um die Straßen zu blockieren. Das war ein ständiges Ärgernis.

Es war bereits später Nachmittag und Otto hoffte inständig, sie würden gegen Abend in einer Ortschaft mit deutscher Garnison haltmachen. Des nachts zu fahren war im besetzten Jugoslawien der reinste Selbstmord.

Sie durchquerten soeben ein ausgedehntes Waldstück an einem Flusslauf und Otto wollte einen Schluck aus seiner Feldflasche nehmen, als der Kübel vor ihm mit einem gewaltigen Knall in einer Explosionswolke verschwand und sich daraufhin mehrfach überschlug, bis er im Straßengraben liegenblieb. Weitere Explosionen folgten. Bäume vor und hinter der deutschen Kolonne stürzten auf die Rollbahn und blockierten diese. Otto stieg voll in die Eisen und brachte den Opel Blitz unmittelbar vor der so plötzlich entstandenen Barrikade zum Stehen.

Leutnant Schreiber packte geistesgegenwärtig seine MP und stürzte aus dem Führerhaus. Auch Otto griff nach seinem Karabiner und sprang auf die staubige Rollbahn. Links von ihm fiel ein steiler Abhang zu einem Fluss hin ab. Rechts tat sich eine steile, bewaldete Böschung zum höhergelegenen Waldgebiet auf, wo nun Handwaffenfeuer aufflammte. Zahlreiche Geschosse schlugen in das Führerhaus und die Karosserie von Ottos Opel Blitz ein und auch die anderen Fahrzeuge standen unter heftigem Feuer.

Am Ende der Kolonne flammte plötzlich eine weitere Explosion auf, dessen Druckwelle wie eine unsichtbare Stampede über Otto hinwegfegte. Sie hatten mit einem Schlag fast alle Männer ihres Begleitkommandos verloren – und die Fahrer und Beifahrer des Sanitätszuges würden sich allein nicht lange halten können.

Einige Verwundete waren inzwischen von der Ladefläche herab und unter die Lastwagen gekrochen. Wer zu schwer verwundet war, um sich von selbst zu bewegen, musste auf der Ladefläche bleiben und beten.

Als Otto sich über die Motorhaube beugte, um auf einen Partisanen zu feuern, den er am Waldrand ausgemacht hatte, sah er, wie Leutnant Schreiber von mehreren Garben aus einer automatischen Waffe förmlich durchlöchert wurde. Er war schon tot, bevor sein zerfetzter Leib auf dem Boden aufschlug.

Der Beschuss steigerte sich nun zu einem wahren Bleigewitter; zahlreiche Verwundete wurden getroffen. Der deutsche Widerstand schwand dahin wie Eis in der Sonne. Das Ende war absehbar, aber kein deutscher Soldat bei halbwegs klarem Verstand würde sich Titos Partisanen freiwillig ergeben. Zu bekannt waren die Gräueltaten dieser Verbrecherbande, die nicht einmal vor der eigenen Bevölkerung zurückschreckte. Also kämpften die wenigen Landser tapfer weiter ohne jede Hoffnung auf eine Rettung. Ihnen blieb nur, ihr Leben so teuer wie möglich zu verkaufen.

Vladko und Mirko waren zu ihren Kameraden zurückgeeilt und erreichten diese gerade rechtzeitig für den Angriff auf die Deutschen auf der Straße. Vladko fand schnell ein besonders lohnendes Ziel und pumpte ein ganzes Magazin seiner Beute-MP 40 in den deutschen Offizier, den er an der Spitze der Fahrzeugreihe erspäht hatte.

Der Widerstand der Deutschen erlahmte spürbar. Sie hatten fast alle Soldaten der Wachmannschaft mit einer großen Sprengladung erwischt und nun wehrten sich nur noch die Fahrer und Beifahrer der Sanitätsfahrzeuge. Weniger als zwanzig Nazis gegen mehr als einhundert Genossen aus Titos Untergrundtruppe!

Sie wollten dem verbliebenen Widerstand nun ein Ende setzten und stürmten wild feuernd die Böschung hinunter in Richtung Rollbahn. Da kam das Beiwagenmotorrad der Deutschen zurückgeschossen, das als Vorhut weit vorausgefahren war.

Otto hatte bereits mit seinem Leben abgeschlossen, als er lautes Motorenknattern vernahm. Emil kam mit seinem Beiwagengespann angebraust und sein Kamerad nahm mit dem MG 34 die Partisanen aufs Korn. Diese wichen völlig perplex zurück. Mit einem gewagten Schlenker kam Emil mit dem Gespann vor der Baumbarriere zum Stehen und brüllte: »Otto, verdammt, beweg deinen Arsch her; wir müssen hier weg!«

Gleichzeitig feuerte er einige Salven aus seiner MP über den Kopf seines Beifahrers hinweg auf die Tito-Banditen. Otto nahm die Beine in die Hand, spurtete die wenigen Meter bis zu den umgestürzten Bäumen und hechtete wie ein Panther darüber hinweg. Er sprang auf den Notsitz hinter Emil, woraufhin dieser Gas gab und mit einem Affenzahn davonbrauste. Sie wollten schnellstens die nächste deutsche Garnison alarmieren und Hilfe anfordern, um mit der Verstärkung möglichst einige der festgenagelten Kameraden zu retten.

111

Mirko und Vladko hatten sich beim Angriff auf die Deutschen hervorgetan und sammelten nun zusammen mit den anderen Partisanen Waffen und brauchbare Ausrüstung von den getöteten Deutschen ein. Sie hatten insgesamt sechs Soldaten lebend gefangengenommen und nahmen diese gefesselt und geknebelt mit sich in die Wälder. Für die Verwundeten hatten sie keine Verwendung.

Als Emil, Otto und der Kamerad am MG eine deutsche Kommandantur in einem zwanzig Kilometer entfernten Dorf erreichten und endlich Verstärkung aus einer Garnison in der nächsten Stadt anfordern konnten, waren bereits zwei Stunden verstrichen.

Zusammen mit der Verstärkung rückten sie rasch zum Schauplatz des Überfalls vor. Dort jedoch fanden sie nur noch Leichen vor. Der Führer der Verstärkungen war ein älterer Major mit einem ergrauten Schnurrbart. Er zeigte sich beim Anblick der Dahingemetzelten bis in die Grundfeste erschüttert. Einige der Soldaten übergaben sich, andere weinten. Die Partisanen Titos hatten sämtlichen Verwundeten die Kehle durchgeschnitten. Den im Gefecht Gefallenen hatten sie die Augen ausgestochen, die Ohren, Nasen und Lippen abgeschnitten und einigen gar die Genitalien und Hoden entfernt und in ihrem Mund platziert.

Sechs Männer des Sanitätszuges aber waren verschwunden. Der Major und seine Männer durchkämmten die Umgebung der Kampfzone und forderten weitere Unterstützung von speziellen Einsatzkräften zur Partisanenbekämpfung an, aber die Männer blieben verschwunden.

Ein halbes Jahr später fanden Männer einer mit den Deutschen verbündeten Miliz die Überreste von mehreren Soldaten in zerfetzten Uniformen in einem aufgegebenen Minenschacht. Sie waren samt und sonders gewaltsam ums Leben gekommen, wie Spuren an den Schädeln belegten. Gefangengenommene Partisanen bestätigten später, dass es sich um entführte und verschleppte deutsche Wehrmachtssoldaten gehandelt habe, die nach Folter und Verhör in jenem Minenschacht »entsorgt« worden seien.

Ob es sich um die verschleppten Sanitätssoldaten handelte, konnte nicht mehr verifiziert werden, da keine Erkennungsmarken oder persönlichen Gegenstände gefunden wurden. Die sechs Männer des Sanitätsdienstes gelten somit noch immer als vermisst. Otto Wolf und Emil Weik überlebten den Krieg und kamen bis zu ihrem Lebensende alljährlich am Totensonntag zusammen, um ihrer gefallenen und vermissten Kameraden zu gedenken und diese zu ehren.

Auf den Totenäckern fast jedes deutschen Dorfes, Ortes und auch auf den großen Friedhöfen in den Städten finden sich Denkmäler für die verlorenen Seelen der großen Kriege.

Über den Autor

Hartmut Schober, geboren 1971, sammelte unter anderem als Soldat der Jägertruppe und bei der Flugabwehr militärische Erfahrung. Nach Ende seiner Dienstzeit wechselte er in die Privatwirtschaft und arbeitete im Bereich der Elektrotechnik, des Maschinenbaus und der Rüstungsindustrie. Er blieb aber weiter als Reservist der Bundeswehr verbunden. In seiner Freizeit beschäftigt Schober sich mit Archäologie, militärhistorischen und waffentechnischen Forschungen, ist aktiver Sportschütze und Jäger.

»Nur die Toten haben das Ende des Krieges gesehen.«
Jorge Augustín Nicolás Ruiz de Santayana (1863-1952)

Der Autor freut sich über Leserpost via E-Mail:
HartmutSchoberAutor@gmail.com

Ihre Zufriedenheit ist unser Ziel!

Liebe Leser, liebe Leserinnen,

hat Ihnen unser Buch gefallen? Haben Sie Anmerkungen für uns? Kritik? Bitte zögern Sie nicht, uns zu schreiben. Wir werden jede Nachricht persönlich lesen und beantworten.

Schreiben Sie uns: info@ek2-publishing.com

Wussten Sie schon, dass Sie uns dabei unterstützen können, deutsche Militärliteratur sichtbarer zu machen? Bitte nehmen Sie sich einen Moment Zeit und bewerten Sie dieses Buch auf Amazon. Viele positive Rezensionen führen dazu, dass das Buch mehr Menschen angezeigt wird.

Sie können somit mit wenigen Minuten Zeitaufwand unserem kleinen Familienunternehmen einen großen Gefallen tun. Vielen Dank für Ihre Unterstützung!

PS: In seltenen Fällen kommt ein Buch beschädigt beim Kunden an. Bitte zögern Sie in diesem Fall nicht, uns zu kontaktieren. Selbstverständlich ersetzen wir Ihnen das Buch kostenlos.

Entdecken Sie spannende Bücher von EK-2 Militär

Jetzt auf Amazon.de:

Link: https://amzn.to/3MiYCnZ

Eine Veröffentlichung der EK-2 Publishing GmbH
Friedensstraße 12, 47228 Duisburg
Registergericht: Duisburg, Handelsregisternummer: HRB 30321
Geschäftsführerin: Monika Münstermann

E-Mail: info@ek2-publishing.com
Website: www.ek2-publishing.com

Cover/Umschlag: Kayla Pelgrim
Coverbild: Lukas Wirp
Autor: Hartmut Schober
Lektorat und Buchsatz: Jill Marc Münstermann

1. Auflage, Mai 2022
ISBN Taschenbuch: 978-3-96403-230-0
ISBN Hardcover: 978-3-96403-231-7

Lukas Wirp, Maler des Coverbildes

https://www.militaria-arts.de/